国家古籍整理出版专项经费资助项目

王安石集

章培恒 安平秋 马樟根 主编
马秀娟 导读
刘烈茂 宗福邦 审阅

中华文史名著精选精译精注·全民阅读版

凤凰出版社

图书在版编目（CIP）数据

王安石集 / 马秀娟导读. -- 南京 : 凤凰出版社, 2020.8

（中华文史名著精选精译精注 : 全民阅读版 / 章培恒, 安平秋, 马樟根主编）

ISBN 978-7-5506-3148-9

Ⅰ. ①王… Ⅱ. ①马… Ⅲ. ①宋诗－诗集②古典散文－散文集－中国－北宋 Ⅳ. ①I214.412

中国版本图书馆CIP数据核字(2020)第062968号

书　　名	王安石集
导　　读	马秀娟
责任编辑	许　勇
书籍设计	徐　慧
出版发行	凤凰出版社(原江苏古籍出版社) 发行部电话025-83223462
出版社地址	南京市中央路165号,邮编:210009
出版社网址	http://www.fhcbs.com
照　　排	凤凰零距离数字印前中心
印　　刷	苏州市越洋印刷有限公司 苏州市吴中区南官渡路20号　邮编:215104
开　　本	880毫米×1230毫米　1/32
印　　张	7.375
字　　数	152千字
版　　次	2020年8月第1版　2020年8月第1次印刷
标准书号	ISBN 978-7-5506-3148-9
定　　价	39.00元

(本书凡印装错误可向承印厂调换,电话:0512-68180638)

目录

导读 …………………………………………………… 1

诗 …………………………………………………… 1

后元丰行 …………………………………………… 3

纯甫出释惠崇画要予作诗…………………………… 6

杏花…………………………………………………… 11

明妃曲二首 ………………………………………… 13

桃源行………………………………………………… 18

兼并…………………………………………………… 21

虎图…………………………………………………… 25

两马齿俱壮 ………………………………………… 28

杜甫画像 …………………………………………… 31

阴山画虎图 ………………………………………… 35

秃山…………………………………………………… 38

河北民…………………………………………………… 41
岁晚……………………………………………………… 43
半山春晚即事 ………………………………………… 45
径暖……………………………………………………… 47
壬辰寒食 ……………………………………………… 49
孤桐……………………………………………………… 51
登宝公塔 ……………………………………………… 53
详定试卷二首(其二) ……………………………… 55
春风……………………………………………………… 58
示长安君 ……………………………………………… 60
思王逢原三首(其二) ……………………………… 62
次韵平甫《金山会宿寄亲友》 ……………………… 64
金陵怀古四首(其一) ……………………………… 66
葛溪驿…………………………………………………… 68
苦雨……………………………………………………… 70
午枕……………………………………………………… 72
读史……………………………………………………… 74
南浦……………………………………………………… 76
梅花……………………………………………………… 77

题西太一宫壁二首（其一） …………………………… 78
元日…………………………………………………… 80
杖藜…………………………………………………… 82
南浦…………………………………………………… 84
木末…………………………………………………… 86
送和甫至龙安微雨因寄吴氏女子 ………………… 88
谢公墩二首（其一） ……………………………… 90
北陂杏花 ………………………………………… 92
北山…………………………………………………… 94
悟真院………………………………………………… 96
书湖阴先生壁二首（其一） ……………………… 98
泊船瓜洲 ………………………………………… 100
钟山即事 ………………………………………… 102
江上 ……………………………………………… 104
题张司业诗 ……………………………………… 105
夜直 ……………………………………………… 107
孟子 ……………………………………………… 109
促织 ……………………………………………… 111
登飞来峰 ………………………………………… 113

文 …………………………………………………… 115

伤仲永 …………………………………………………… 117

同学一首别子固 ………………………………………… 120

上人书 …………………………………………………… 124

芝阁记 …………………………………………………… 128

游褒禅山记 ……………………………………………… 132

上仁宗皇帝言事书(节选) ……………………………… 138

度支副使厅壁题名记 …………………………………… 171

泰州海陵县主簿许君墓志铭 …………………………… 176

本朝百年无事札子 ……………………………………… 181

进戒疏 …………………………………………………… 192

答司马谏议书 …………………………………………… 197

读孟尝君传 ……………………………………………… 203

兴贤 ……………………………………………………… 206

导读

在漫长的中国历史上，勇于改革的政治家并不很多。千百年来，人们谈及改革，总是忘不了王安石。尤其是他所推行的变法，有成有败，有得有失，在当时的社会上掀起滔天巨浪，向来争议甚多，这就更加深了人们的印象。现在要重新认识王安石，探讨其诗文的成就与特色，自然免不了多花点篇幅谈谈这次变法的重大实践和在变法中扮演主角的王安石的具体表现。

王安石（1021—1086），字介甫，宋抚州临川（今江西抚州）人，晚年居于江宁（今江苏南京）钟山，号半山老人，曾被封为荆国公，故人称王荆公，死后谥曰“文”，故又称王文公。

王安石是北宋著名的政治家、文学家和思想家。他曾官居宰相，主持过“熙宁变法”，是北宋政治舞台上极为重要的人物。他的改革收到一定的成效，但却遭到了许多官僚士大夫的反对，并逐渐引起了党争，他也被推进北宋后期政治漩涡的中心，变法以失败而告终。对于他的变法的得失及个人的历史作用，在他生前及死后都一直毁誉纷纭，意见极不一致，有人甚至把他说成是北宋灭亡的罪魁祸首,这种现象在中国历史上是不多见的。

王安石又是熙宁元丰时期学术界的一派领袖,他主持撰写过《三经新义》,对《周礼》《诗经》《尚书》这些儒家经典重新作出评价。在他周围形成了一个学派,号称"荆公新学","新学"与他主持的变法一样,也遭到反对变法的士大夫和学者们的攻击与讥评,但他在当时的学术地位,即使是他的论敌也是承认的。

对于王安石的文学成就,古往今来无多大争议,人们几乎众口一词地予以肯定和赞扬。王安石是当时的古文名家,他的散文言之有物,风格精悍劲峭,政论文尤具特色,他的杰出的散文成就,使他与韩、柳、欧、曾、三苏并列为"唐宋八大家"。王安石的诗歌成就在中国诗史上也占有突出地位,他是开一代诗风的宗师之一,他的诗形式多样,且各体俱工,尤以绝句的成就最高。

一

宋真宗天禧五年(1021)十一月十二日王安石出生在临江军的新淦县(今江西新干)。他的父亲王益,字损之,当时在临江军任判官并兼领新淦县。王安石十七岁时,王益任江宁府通判,两年后,卒于任上,从此,王安石便在江宁居住下来。

仁宗庆历二年(1042)三月,王安石以第四名进士及第,由于文章作得好,本来已被列为第一,考卷送给皇帝过目,仁宗发现王安石的诗赋中有一句话触犯了忌讳,便将他降作第四名。中进士后,他被任命为签书淮南判官,在扬州三年任满之后,庆历六年(1046)被任知鄞县(今属浙江)。王安石在鄞县是一位恪尽职守的县令,他督促乡民兴修水利,构筑堤堰,疏浚渠川,开挖陂塘,并亲自到渠川决口处去实地考察,常常天不亮起床,深夜才得休息(见《王文公文集·鄞县经游记》)。为使农民有能力正常耕作,他在春耕时节将政府粮仓中的存粮借贷给他们,秋收后,只加少许利息归还,使贫困的农户得以少受兼并之家的重利剥削,这种举措收到了实效,使他更加自信,无疑对他执政后决定在全国实施青苗法大有影响。

皇祐三年(1051),王安石以殿中丞资格升任舒州(今安徽潜山)通判。上任第一年,宰相文彦博即向仁宗举荐他,赞扬他"恬然自守,未易多得"。朝廷下诏让王安石赴阙就职,他坚辞不赴。舒州通判任满之后,王安石于至和元年(1054)被改任为群牧判官,群牧司是主管国家养马事务的机关,此时群牧司的长官是包拯,与王安石同任群牧判官的是司马光。这时,欧阳修正服母丧期满回到京师,王安石开始与他们交往,欧阳修非常赏识王安石的人品与才学,曾赠诗给他,还曾两次上书仁宗,举荐他为国家的栋梁之臣。

嘉祐二年(1057),王安石知常州(今属江苏),不久,又调任江南东路提点刑狱。在此任上,他仍以兴利除弊为己任。加上他在地方任职十余年的实绩,声誉日隆,许多人希望与他相识,朝廷也将他从提点江东刑狱任上召回京师,并于嘉祐五年(1060)五月任命他为三司度支判官,同年秋兼任同修起居注。嘉祐六年(1061)六月,改任知制诰,并纠察在京刑狱。

嘉祐八年(1063)三月,仁宗去世,由他的过继儿子赵曙继位,是为英宗。同年八月王安石的母亲吴氏在京师去世,他护送母亲的灵柩回江宁，安葬于钟山，便在江宁定居守丧。期满后，朝廷几次招他赴京另加任用，但他见英宗多病，不能有所作为，朝政死气沉沉，估计自己入朝干不了什么大事，便以病相辞，终英宗之世，再没有出仕。

二

宋太祖赵匡胤是利用“陈桥兵变”这种阴谋手段，在一夜之间变成宋朝开国皇帝的，因此他时刻戒备部将叛变，将消弭唐末五代以来方镇割据，武人擅权的祸害作为制定国策的出发点。他登基不久，即采纳谋臣赵普的建议，削夺将领的权力，采取一系列措施控制方镇的财源，解除他们的兵权，将全国的精兵锐卒集中于京师，编为禁军，由皇帝自己统率。又将地方财权、司法权收归中央，使过去长期存在的藩镇跋扈状况有了根本改变。

为了使这些措施得以顺利地实行和延续，宋王朝用高官、厚禄、特权来笼络将领，鼓励他们兼并土地，并大大扩充官员数额，以争取地主官僚的支持。由于官吏人数剧增，许多官僚虽有官位，但无职务；只坐享俸禄而不干实事；不求有功，但求无过；遇事推诿，上下敷衍，吏治日趋腐败。

为了防范人民的反抗与武臣的叛乱，北宋王朝不断增加兵员数量，太祖时，禁军、厢兵合共三十七万八千，仁宗庆历年间则为一百二十五万九千。军费开支高达国家财政总机关三司所掌握的总收入的十之七八。但这百万大军却缺乏严格的训练，养成了骄堕习气。在这种情况下，北宋与频频侵扰的契丹、西夏的战事就常以宋军败北而告终。真宗景德元年(1004)，宋王朝与契丹订立了屈辱的“澶渊之盟”，每年须向契丹献银十万两、绢二十万匹。仁宗庆历二年(1042)起，每年又增加银十万两、绢十万匹。庆历四年(1044)，以“岁赐”名义，每年向西夏献银七万两、绢十五万匹、茶三万斤。

北宋的“冗官”“冗兵”耗费大量财物，对辽和西夏的“岁贡”也是沉重的负担。皇室又恣意挥霍，费用无度，国家日益困穷，百姓的负担日益沉重。仁宗朝，范仲淹、富弼、韩琦、欧阳修等官员曾建议更新朝政，“兴致太平”。庆历年间还兴起了范仲淹主持的“新政”。但因遭到守旧官僚贵族集团的猛烈攻击，尚未真正实施，便已失败。此后，韩琦、富弼等人的锐气渐减，北宋王朝的病根也越种越深。

治平四年(1067)正月，英宗去世，其子赵顼即位，是为神宗，时年二十岁，为了改变国家积贫积弱的局面，他立志变法，并将希望寄托在王安石身上，故继位后即委任王安石知江宁府，九月，又召王安石为翰林学士。熙宁二年(1069)二月，王安石被任命为参知政事(副宰相)，便立即计划实行变法，当时他四十九岁，正是生气勃勃、精神焕发之时，经过一系列的准备之后，自熙宁二年七月至七年九月，陆续颁行均输法、青苗法、农田水利法、保甲法、免役法、市易法、保马法、方田均税法、将兵法等变法的主要措施，并改革学校科举。新法的实施在一定程度上抑制了兼并之家，打击了大官僚、大商人对人民的掠夺；增加了国家的收入；对于社会生产的发展也起了一定的推动作用。但王安石变法最终仍以失败告终。新法失败的原因很多，最根本的是由于新法的全部内容都是从统治者的利益出发而制定的，因而不能得到广大人民的支持。此外，还有一些其他原因，如反对派的强大，用人不当，变法派内部意见不一，变法进程过急等。

王安石更革“祖宗旧制”的举动，在统治阶级内部，引起了轩然大波。在守旧派的反对下，王安石两次被罢相。元丰八年(1085)三月，神宗死去后，哲宗赵煦即位，时年才十岁，由英宗高后临朝听政，司马光执政，新法被陆续废除。

王安石于熙宁九年(1076)十月第二次罢相之后，直到元祐元年(1086)四月逝世，都居住在江宁。这十年他是在闲适而又忧患的矛盾心情中度过的。

他先在江宁东门外离城七里多路的地方修筑了一个简单的居所，这里正好处在由江宁至钟山的半途中，故取名“半山园”，他也就自号“半山老人”。他的住宅很不讲究，“所居之地，四无人家，其宅仅蔽风雨，又不设垣墙，望之若逆旅之舍”(魏泰《东轩笔录》)。钟山周围的名胜颇多，王安石经常携带书卷往来于钟山各胜迹之间，定林寺、法云寺、八功德水等地都留下了他的足迹，他经常在山石竹树边闲坐，在大自然的美丽风光中怡情悦性，并写下了大量歌颂自然风光的诗章。

王安石在钟山，与不少诗人往还，亲朋故旧经过江宁也必定去看望他。当时著名的书法家米芾、大画家李公麟也是王安石座间常客。米芾还曾将王安石在定林寺经常休息、读书著述的房间，取名为昭文斋，并书写斋名。李公麟也替王安石画了一幅像挂在昭文斋中(见曾慥《高斋漫录》)。

王安石退隐期间，苏轼于元丰七年(1084)自黄州调任汝州团练副使，路过江宁时，曾去拜望王安石，并在江宁盘桓过一段时间。他们两人的政治见解、治国方略均不同，苏轼又曾反对过王安石的变法主张与实践，所以在政界二人的关系并不融洽，但他们在文学上却是互相倾慕的。这次会面，王安石大为高兴，他们同游钟山，论诗谈禅，加深了彼此的了解。虽然政见上的分歧无法消除，但两人在文学上的共识，使他们相处比较融洽。

王安石退休后的生活并不都是闲适的，他其实并未忘怀国事，而是经常处在矛盾的心境之中，对于变法的进程得失，他仍然十分关心，只是强迫自己用闲适淡泊将对国事的关心掩盖起来罢了。元丰八年神宗的去世，对他是一次沉重的打击，他的变法是在神宗的主持下实现的，神宗逝世使他对政局不无忧惧。元祐元年(1086)，司马光为宰相，逐一废除新法，恢复旧制。原已在病中的王安石，痛苦地承受着打击，衰病的身体也更加虚弱，终于在该年的四月初六忧愤而逝。

三

王安石不仅是变法派的领袖，而且也是当时众多学术派别中的一派领袖人物。他的学术思想被概括为“荆公新学”，而新学的标志又是《三经新义》的修订颁行。《三经新义》的纂修工作，正式开始于熙宁六年(1073)，朝廷设置经义局，命王安石主管经义局的工作，吕惠卿兼修撰，王安石的儿子王雱兼同修撰，训释《诗经》《尚书》《周礼》。熙宁八年六月,《三经新义》完成,不久就由国子监刻版颁行全国,成为官书。其中《周礼义》是王安石亲自撰写的;《诗义》是王安石、王雱父子共同撰作;《书义》由王雱撰写。

王安石主持撰写《三经新义》有着鲜明的为变法服务的目的。他认为儒家经典都是圣王的精义,但降及衰世,伪说蛊惑人心,私学扰乱政治,烦琐的章句传注淹没了经典的原义,使精妙深奥的真理隐而不见,而错误的言论行动却非常猖獗。因此,需要对已被弄乱了的儒家经典,作出合理正确的解释,以教育风化百姓,形成良好的风俗,抵制打击错误言行,其现实意义是反驳守旧派对新法的攻击。

《三经新义》中,王安石最重视《周礼》,王安石的重要变法措施,都是打着《周礼》的旗号进行的。以变法的实际需要来解释《周礼》,又据《周礼》来为变法的具体措施辩护,这样,就为新法找到了一件最堂皇的外衣,使变法的种种举措更容易为人所接受。为了驳斥反对派对新法的指责,王安石也努力从《周礼》中寻找武器。比如,反对派攻击青苗法是"征利",王安石反驳说:"一部《周礼》,理财居其半,周公岂为利哉?"(《答曾公立书》)周公是圣人,尚且要理财,青苗法也是为国家理财,自然不能说是为"利"了。抬出周公来反驳,更容易堵塞反对派之口。

王安石的《三经新义》对儒家经典的一些解释,也体现了他进步的政治理想和对人民的同情。比如:他解释《诗经·小雅·四月》"乱离瘼矣,爰其适归"两句说:"乱出乎上,而受患常在下,及其极也,为适归乎其所出矣。"(《诗义钩沉》)他认为社会的祸乱,是由统治者造成的,但受损害的是百姓,若统治者不加收敛,继续倒行逆施，到了极点，统治者自己就会受到这些灾祸的惩罚，这是他对搜刮无度的统治者提出的警告。又如：他在解释《诗经·小雅·蓼莪》篇的“瓶之罄矣，维罍之耻”两句时说：“瓶，譬则民也；罍，譬则君也。‘瓶之罄’则‘罍之耻’，民之穷则君之羞。”（《诗义钩沉》）他公开声言“民之穷则君之羞”，认为富国富民是君王的责任，这与他想通过变法而富国强兵的理想也是一致的。

王安石对《三经新义》的写作态度十分认真，列于学官，颁行天下之后，发现错误，他也立加纠正。洪迈《容斋续笔》记载，《诗经·豳风·七月》篇“剥枣”一词，毛传解剥为“击”，王安石不以为然，解作“剥者，剥其皮而进之，所以养老也”。后来在钟山偶然去一农家，问主人何在，回答说：“去扑枣。”王安石方知自己的解释穿凿附会，于是向朝廷申请改正，这封申请改正《诗义》误字的札子，今尚存在他的文集里。

《三经新义》在南宋时被完全废弃，今本《周礼义》是清人从《永乐大典》中辑出的；《诗义》今有邱汉生辑校本，名《诗义钩沉》；《书义》已佚，只有零星佚文。王安石的新学著作还有《字说》二十四卷、《易义》二十卷、《洪范传》一卷、《论语解》十卷、《孟子解》十四卷、《老子注》二卷、《淮南杂说》十卷。以上著作，除《洪范传》一卷今存在他的文集中之外，其余均已佚。他的这些学术著作，在当时曾有过很大影响，王安石死后，连当时反对变法的一些学者也并不主张全盘否定王安石的著作，刘挚上疏称：“故相王安石经训，视诸儒义说，得圣贤之意为多。”后世学者更能较客观地作出评价，朱熹认为王安石父子的《书义》，“不强作解事”。清代全祖望撰《荆公新学略》，也称赞王安石的《周礼义》“言简意赅”，都是肯定王安石新学的学术成就及独立地位的。

四

北宋前期，在仁宗朝以前，文坛仍然笼罩着唐末五代的习气，诗文作者多片面追求辞采的华美，声律的谐和，致使内容空虚、格调卑弱，曾产生过贵族官僚和宫廷侍臣们无病呻吟的“西昆体”。为了改变文坛风气，宋初的柳开、穆修、王禹偁等人提倡文学上的复古，倡导“韩柳文章李杜诗”，但他们的努力未能彻底扭转文坛风气。仁宗朝，欧阳修大力倡导诗文革新，成为文坛盟主，他与梅尧臣、苏舜钦、王安石等用自己诗歌创作的成就，扫除了西昆体的影响，奠定了宋诗的风格。在散文方面，欧阳修、王安石、曾巩、苏轼等积极提倡韩柳古文，使宋代散文走上了平易晓畅、密切反映社会现实的健康道路，在北宋中叶的文坛上，王安石无论在诗歌或散文方面，都以自己超卓的见识和杰出的艺术成就，为诗文革新作出了贡献。

王安石的文学主张在《上人书》《与祖择之书》《上邵学士书》《张刑部诗序》等文章中，有比较集中的表述。他强调文章必须“有补于世”，他在《上人书》中说：“所谓文者，务为有补于世而已矣；所谓辞者，犹器之有刻镂绘画也。……要之，以适用为本，以刻镂绘画为之容而已。”他认为文章是否“适用”是第一位的，而辞采是第二位的，这种理解和主张，是明显地为政治服务的，他比韩柳更强调诗文的内容，更强调实用。

与此相关，他还强调文章要“言志”“贯通”。他说：“夫文者，言乎志者也。”(《上张太博书》)“诚发乎文，文贯乎道，仁思义色，表里相济。”(《上邵学士书》)他把文看成是“言志”“明道”的工具，必须使仁义“表里相济”强调的是文章的内容。为此，他特别反对不求适用，不能有补于世的浮艳雕绘之文。

但王安石并非不重视文章的艺术技巧，只不过主张不要让它妨碍了内容。总的来说在理论上他对艺术技巧的重要性论证不多，但他的创作实践，在一定程度上弥补了这个缺陷，特别是他晚年的诗歌创作，极注意锤炼，在艺术上取得了很高成就。

王安石的散文以政论文为多，他的政论文都是密切联系北宋的政治形势，针对时弊，阐明自己的主张，有很强的说服力和战斗力，其中有许多是为变法服务的。洋洋万言的《上仁宗皇帝言事书》分析了北宋危机四伏的政治形势，并用大量的史实论证变法势在必行，并提出具体的策略，步步深入，卓见迭出，具有很强的逻辑性和说服力。《本朝百年无事札子》通过对北宋百年来政治情况的分析，指出“大有为之时，正在今日”，希望神宗在政治上能有所建树，表现了他的真知灼见和刚毅果断的政治家风度。《答司马谏议书》是王安石政论文的代表作，最能体现他的散文的气势与战斗精神。文章针对司马光加给他的四种罪名，逐条批驳，并揭露守旧派不恤国事、苟且偷安的腐败行为。全文仅三百余字，词简而精，义深而明，写得理足气盛，精悍凌厉。

他还有些随笔、杂感式的议论小品，或评论历史人物，或抒发胸襟怀抱，或阐述某种道理，都写得感情浓烈、跌宕有致。如《读孟尝君传》《伤仲永》《知人》等虽然论证方法各异，但都能持论公平，深中肯綮，精辟透彻地说明问题，在语言上简洁流畅，文理自然，显示出作者杰出的论辩才能。

王安石的游记散文往往夹叙夹议，多议论成分。如《游褒禅山记》，名为游记，实为说理。记游的文字，只占全文的小半，且目的仍在记述“入之愈深，其进愈难，而其见愈奇”这种现象，为说理议论作好铺垫。后半紧密联系游山所见所思正面说理。文章将写景、抒情、叙事、议论交融在一起，说理透彻、无枝辞赘字，语言又朴实无华，深得后人称赏。

总之，王安石的散文一扫唐末五代靡弱浮艳习气，内容充实，将古文创作与政治斗争密切结合，不作无病呻吟语，形成了自己独特的豪悍峻迈、流转畅达的风格，成为蜚声文坛的散文大家，是继韩愈之后，以笔力雄健见长的古文名家。

王安石在宋代诗坛上，占有重要地位，与苏轼、黄庭坚齐名。他古体近体无所不工，贺裳《载酒园诗话》甚至把他“特推为宋诗中第一”，话虽有偏颇，但说明王安石诗歌创作的成就是令人瞩目的。最能代表他的创作特色的诗大致可分两类，一类是具有较强的思想性的政治诗，这类诗大部分作于诗人退居江宁之前，且多用古体写成。另一部分是写景抒情的闲适诗，大部分创作于闲居江宁的十年中，退隐之前也写过一些，多用律体、绝句，十分注意艺术上的锤炼，具有较高的审美价值。另外，还有许多咏史、登临、送别、酬答、题画之作，都各具特色。

作为政治家的王安石，把诗歌作为阐发政治见解的工具，他的政治诗以敏锐的目光，犀利的言辞，揭露北宋王朝的种种弊政及国家所面临的危机，并阐明自己的变法主张。《兼并》一诗，不但揭露了兼并的危害，而且鲜明地表达了抑兼并的思想。而《寓言九首》之四写的是如何抑制兼并的具体措施。对于“冗官”现象，他以寓言的形式，写了《秃山》一诗，用象征的手法，讥刺了那些只知坐吃山空的冗官贪吏。《省兵》一诗，则是针对“冗兵”而发的，作者分析了目前不宜省兵的理由，陈述了省兵的条件，表现出远见卓识。《收盐》《感事》《促织》等篇，鞭挞了那些只顾自己享乐而不顾百姓死活的贪官污吏。这些诗说理透辟，议论精严，表现了政治家的忧患意识和锐利目光。

他的政治诗中贯穿着对人民的同情，他从儒家的民本思想出发，关心人民的疾苦，用诗歌来表达他们的愿望和要求，《河北民》一诗反映了边境人民的悲惨生活，“家家养子学耕织，输与官家事夷狄”，揭露了屈辱妥协的投降政策给人民带来的无穷灾难。《发廪》一诗作于舒州通判任上，他在那里看到了人民生活的惨状：“三年佐荒州，市有弃饿婴”，“崎岖山谷间，百室无一盈”。他愿把这目睹的一切，上报给皇上，促使统治者给人民以活路。《郊行》《苦雨》《慎县修路者》等诗，都反映了人民的疾苦。

王安石的咏史诗向为人所称道，咏史实为咏怀，他借对古代名人和某些史实的歌咏与评价，曲折地对国家的政治问题发表见解，抒写自己的政治抱负和思想情操，他能够大胆地推倒传统的习见，对历史人物及史实提出崭新的见解。如《商鞅》《孟子》《张良》《范增》《贾生》《汉武》等篇，都借历史人物，抒写了自己的政治识见，这和他广博的学识，丰富的阅历，高远的怀抱是分不开的。

咏史诗中，《明妃曲》二首，最负盛名，这两首诗一扫传统见解，自创新意，着力描写这位绝代佳人在汉宫被埋没，远嫁匈奴的凄凉悲苦，对她深表同情，同时又借这件史实，寄托自己的感慨。“人生失意无南北”，“汉恩自浅胡自深，人生乐在相知心”，“意态由来画不成，当时枉杀毛延寿”等名句皆发人所未发，含蓄地批评了君王不识人才，又抒发了知己难求的感慨，写得哀婉动人，情感深挚。

王安石的政治诗以说理、叙事为主，突出的特点是散文化、议论化，这方面他深受杜甫、韩愈的影响。王安石极推崇杜甫，曾编《老杜诗后集》，又写过《杜甫画像》诗，盛赞杜甫的诗作及人格，杜甫以诗歌为武器干预时政，阐发政治见解的做法，对王安石产生过一定影响，他的政治诗目光敏锐，见解深刻，说理透辟，不少地方得力于杜甫。韩愈“以文为诗”的特点，对王安石也有很大影响，王安石的政治诗擅长议论、铺叙，并常用散文句法，“诗语唯其所向，不复更为含蓄”，与他的闲适小诗呈现出截然不同的两种风格。

王安石的不少政治诗还喜用隐喻、象征的手法阐发政治观点，披露自己的情怀。《两马齿俱壮》中，以马喻人，刻画了两匹马，一匹隐喻了改革家的形象，另一匹是诗人批评的守旧者的化身；《同昌叔赋雁奴》一诗用象征的手法，反映在国家危机四伏的境况下，要求更张改革的人们与守旧偷安的大臣的矛盾。而《孤桐》《独山梅花》等咏物诗，都是托物言志，通过对孤桐、梅花的赞颂，表白自己耿介孤高、坚韧不拔、不随流俗的性格。

王安石晚年罢相退隐钟山后，生活环境、思想、心境都发生了巨大变化，诗歌的内容与风格也随之变移。前期带有浓厚政治色彩的诗篇已不多见，而代之以充满士大夫生活情趣的闲适小诗。这些诗比之前期的创作，艺术上更臻于完美成熟。

诗人彻底地退出了政治舞台，把目光投向自然山水，摄下了一幅幅江南特有的旖旎风光。他对大自然有着敏锐的感受力，兴之所至，便涉笔成趣："日净山如染，风暄草欲薰。梅残数点雪，麦涨一川云。"（《题齐安壁》）"南风东冈二月时，物华撩我有新诗。含风鸭绿粼粼起，弄日鹅黄袅袅垂。"（《南浦》）"染云为柳叶，剪水作梨花。不是春风巧，何缘有岁华。"（《染云》）这一幅幅秀美的画面，融和着骀荡的春意，媚秀迷人，令人陶醉。王安石是带着恬淡闲适的心境来观察这一切，画面也就呈现出恬淡、平静、冲和的风格，和他政治失意后自甘淡泊的心情十分吻合。

然而在悠闲淡泊之中，他也常常流露出苦闷，因为他毕竟是一位忧国忧民的爱国者，还曾是雷厉风行的政治家，对往事的回首，常常引起他心灵上的颤动，在诗作中常有表露："细思扰扰梦中事，何用悠悠身后名。"（《春日即事》）过去的政治生涯一幕幕在梦中出现，他又不得不以无须计较身后名声来宽慰自己。"我亦暮年专一壑，每逢车马又惊猜。"（《偶书》）传出了诗人心中的忐忑不安：是朝廷起用自己还是加罪于己？

王安石闲适诗的艺术成就超过了政治诗，黄庭坚曾说过："荆公暮年作小诗，雅丽精绝，脱去流俗；每讽味之，便觉沆瀣生牙颊间。"（魏庆之《诗人玉屑》）的确，这些小诗玲珑剔透，新鲜别致，构思精巧，情趣盎然，如一件件精巧的艺术品。

陈师道曾评论说："王介甫以工，苏子瞻以新，黄鲁直以奇。"(《后山诗话》)王安石的小诗确以工致取胜，他妙思如泉，常用新鲜的构想，揭示出独特的诗趣，新巧工致而富有逸趣的诗句，在王安石集中俯拾皆是："缲成白雪桑重绿，割尽黄云稻正青。"(《木末》)"背人照影无穷柳，隔屋吹香并是梅。"(《金陵即事》)"雨后绿阴空绕舍，总将春色付莓苔。"(《雨晴》)"欲开新酒邀佳客，更待天花落坐中。"(《欲雪》)都足以见出诗人构思精巧、刻画精审的特色。

王安石的诗语言疏爽自然，清新流畅，诗笔运转自如好像是不经意道出，却在这自然平易的语言中，包含着匠心。"看似寻常最奇崛，成如容易却艰辛。"(《题张司业诗》)是他创作的甘苦之言。他的诗作用语追求贴切、生动、传神，以至达到换一个字则不可的地步。如"日借嫩黄初著柳，雨催新绿稍归田"的"借"字、"催"字；"竹西花草弄春柔"(《钟山即事》)中的"弄"字；"辛夷屋角抟香雪，踯躅冈头挽醉红"(《寄吴成之》)中的"抟"字、"挽"字，都用得工稳、恰到好处，可见出诗人的锤炼之功。

王安石还精于对偶，叶梦得《石林诗话》中说："荆公诗用法甚严，尤精于对偶。"他的格律诗中出现了许多广为传诵的佳对，著名的"一水护田将绿绕，两山排闼送青来"(《书湖阴先生壁》)虽然是"史对史""以汉人语对汉人语"，却不觉板滞，反而活脱灵妙，情致宛然。

王安石的绝句受到许多评论家的推崇，宋人徐俯说："荆公绝句妙天下。"曾季狸说："绝句之妙，唐则杜牧之，本朝则荆公，此二人而已。"(《艇斋诗话》)杨万里说："五七字绝句难工，惟晚唐与介甫最工于此。”(《诚斋诗话》)这些评论虽有偏颇之处,但足以说明王安石绝句的成功与影响。他的不少绝句布在人口,广为流传,如七绝《泊船瓜州》《书湖阴先生壁》《金陵即事》《北山》,五绝如《山中》《江上》《南浦》……这些诗不但具有一般绝句的言简意丰、情味隽永的特点,而且形成了与唐人绝句(特别是盛唐)的不同风格,唐诗以情韵取胜,而王安石的绝句以工巧见长。胡应麟《诗薮》评论说:“介甫五七言绝,当代共推,特以工致胜耳,于唐自远。”说出了这种特征。

总之,王安石是承先启后的诗人。《诗薮》中说:“六一虽洗削西昆,然体尚平正,特不甚当行耳。……至介甫创撰新奇,唐人格调始一大变,苏、黄继起,古法荡然。”这是对北宋诗歌发展脉络的简单总结,在这发展的进程中,王安石具有重要作用,他用创作实践扫荡艳丽晦涩、内容空虚的西昆体。他从唐代诗人杜甫、韩愈、李商隐等人的创作中吸取营养,惨淡经营,独创新格,形成自己的艺术特色,古体诗散文化、议论化;近体诗隽永工巧、富于理趣,使宋诗的特色基本形成。

本书选译了王安石诗 50 首,文 13 篇,希望能大体上反映王安石勇于改革的精神风貌、诗文的成就和艺术特色。诗大体据李壁《王荆文公诗笺注》顺序排列;文大体按写作年代先后排列,个别无确切写作年代的作品,附于末尾。注释以简明通俗为原则,译文力求准确贴切。由于学识所限,或有一些疏漏不当,敬请读者指正。

马秀娟(北京大学中国古文献研究中心)

诗

后元丰行[1]

这首诗约作于神宗元丰五年(1082),这年"夏麦大稔"(《续资治通鉴长编》),当时王安石虽已罢相退居钟山,但始终心系朝廷,关心新法的推行情况。作者在这首诗中,为变法唱了一曲颂歌。诗中以饱满的激情,歌颂了新法给农村带来的实效。诗的前半以风调雨顺,稻麦繁茂,鲥鱼蔽渚,荻笋肥甘具体地描述了新法推行后,农村一派生机勃勃的景象。后半则写农村的安定,村民的欢乐,进一步肯定新法给老百姓带来的利益。诗中并非句句写实,更多的是渲染农村的丰收富裕和村民的欢乐愉快,倾注了作者对新法的期望与理想追求。

① 诗题一作《歌元丰》,因作者先写过一首《元丰行示德逢》,所以这首名为《后元丰行》。元丰:宋神宗的年号(1078—1085)。行:古诗的一种体裁。

歌元丰,十日五日一风雨[1]。麦行千里不见土,连天没云皆种黍[2]。水秧绵绵复多稌[3],龙骨长干挂梁梠[4]。鲥鱼出网蔽洲渚[5],荻笋肥甘胜牛乳[6]。百钱可得酒斗许[7],虽非社日长闻鼓[8]。吴

儿踏歌女起舞[9]，但道快乐无所苦。老翁堑水西南流[10]，杨柳中间杙小舟[11]。乘兴欹眠过白下[12]，逢人欢笑得无愁。

---

①“十日”句：形容风调雨顺。语出东汉王充《论衡》：“风不鸣条，雨不破块，五日一风，十日一雨。” ② 没云：没入云霄，形容多而广。黍：农作物，可碾成黄小米。 ③ 水秧：水稻。绵绵：绵延不断。稌(tú)：糯稻。 ④ 龙骨：水车。梁：屋梁。梠(lǔ)：屋檐。 ⑤ 鲥(shí)鱼：一种多脂肪、味道鲜美的鱼。蔽：遮盖。洲渚(zhǔ)：水中的小块陆地。 ⑥ 荻笋：即芦笋，一种长于水边的植物，嫩茎可食。⑦ 酒斗许：一斗多酒。 ⑧ 社日：古代春秋两季各有一天祭祀土地神，称作社日，春社在春分前后，祭社以祈丰年；秋社在立秋之后，向神报谢丰收。社日均杀牲祭神，村民聚会欢饮，击鼓娱乐。 ⑨ 吴：今江浙一带属古吴国。踏歌：一种娱乐形式，以脚踏地，按节拍唱歌。 ⑩ 堑(qiàn)水：挖掘河道、水渠。 ⑪ 杙(yì)：原意是木桩，这里作动词，以木桩系船。 ⑫ 欹(qī)眠：斜卧。白下：唐武德年间改金陵为白下，移治白下故城(今南京西北)，这里指江宁。

翻译

歌唱元丰，

十天一阵雨，五天一场风。

千里麦地不见泥土，
连天没云都种上了黄黍。
水秧连绵还有许多糯稻，
屋檐下挂了老是干着的龙骨水车。
刚出网的鲥鱼堆满了洲渚，
芦笋又嫩又甜胜过了牛乳。
百文钱就能买到一斗多美酒，
虽不是社日也常听到击鼓。
吴儿在踏着节拍歌唱，吴女在起舞，
只说快乐没有困苦。
老翁挖堑让水往西南流，
柳树荫中系着小舟。
乘兴斜卧船上经过白下，
逢人欢笑更无忧愁。

纯甫出释惠崇画要予作诗①

这首咏画诗歌咏的是宋初著名画僧惠崇的一幅山水画。惠崇工画山水，久负盛名，苏轼曾有《惠崇春江晓景》二首，为其两幅春江晓景题诗，惠崇画已不可见，苏轼诗中的名句“竹外桃花三两枝，春江水暖鸭先知”却脍炙人口。清人方东树总结王安石这首诗的结构为：“此诗四段：一点，一写，一衬，一双收。”（《昭昧詹言》卷十二）颇为准确。起句便开门见山，点出在历代众多的画家中，最为推许惠崇，为下文蓄势。接着十二句正面写画，为此诗的主要部分，用了两种不同的手法。前八句实写画面景色；后四句则虚写惠崇的精湛技艺。下面八句为衬笔，以南唐著名画家巨然和宋代画家崔白的画从侧面烘托、陪衬。后四句以感慨三位画家的遭际而收结，“一时二子”承上指巨然和崔白，作者为他们的才高运蹇而深感不平。结尾两句感叹时人只重金钱不重艺术，因而借口今人的画不如古人，从批评中称扬了三位画家的艺术成就。这首古体诗结构严谨，手法迭变，意脉连贯而运笔自如，方东树评论说：“通篇用全力，千锤百炼，无一字一笔懈。”是为至评。

① 纯甫：王安石的七弟王安上，字纯甫。释：僧人出家皆舍本姓而从

佛祖释迦牟尼于僧名前加“释”字。惠崇：宋代著名画家，建阳（今福建建阳）人，能诗善画，为宋初九诗僧之一。《图画见闻志》卷四云：“建阳僧惠崇工画鹅雁鹭鸶，尤工小景，善为寒江远渚，萧洒虚旷之象，人所难到也。”要（yāo）：约请，邀请。

画史纷纷何足数[①]，惠崇晚出吾最许[②]。旱云六月涨林莽[③]，移我翛然堕洲渚[④]。黄芦低摧雪翳土[⑤]，凫雁静立将俦侣[⑥]。往时所历今在眼，沙平水澹西江浦[⑦]。暮气沉舟暗鱼罟[⑧]，欹眠呕轧如鸣橹[⑨]。颇疑道人三昧力[⑩]，异域山川能断取[⑪]。方诸承水调幻药[⑫]，洒落生绡变寒暑[⑬]。金坡巨然山数堵[⑭]，粉墨空多真漫与[⑮]。濠梁崔白亦善画[⑯]，曾见桃花静初吐。酒酣弄笔起春风[⑰]，便恐漂零作红雨[⑱]。流莺探枝婉欲语[⑲]，蜜蜂掇蕊随翅股[⑳]。一时二子皆绝艺，裘马穿羸久羁旅[㉑]。华堂直惜万黄金[㉒]，苦道今人不如古。

---

① 画史：画家。 ② 许：推崇，赞许。 ③ 林莽：浓密的林木。莽：草丛。 ④ 翛（xiāo）然：自然超脱的样子。洲渚：水中的小块陆地。⑤ 摧：折断。雪：指雪白的芦花。翳（yì）：遮蔽。 ⑥ 凫（fú）：野鸭。

将：携同。俦侣（chóu lǚ）：伴侣。 ⑦ 澹（dàn）：平静。浦：水边。⑧ 罟（gǔ）：渔网。 ⑨ 攲（qī）眠：斜躺着。呕轧：象声词，这里是摇橹声。 ⑩道人：六朝时僧人的别称，此处沿用，这里指惠崇。三昧：为佛家的修行方法之一，引申为艺术创作中的奥妙、诀窍。⑪ 断取：截取。出自佛典《维摩经》："菩萨断取三千大千世界，如陶家轮著右掌中。"此用以形容惠洪截取异域山水，搬到画面中。王安石在《惠崇画》诗中亦云："断取沧洲趣，移来六月天。" ⑫ 方诸：古代承取月中露水的器皿。幻药：一种能产生幻术的神秘药水。二语出自《楞严经》："诸大幻师求大阴精，用和幻药。是诸师等，于白月昼，手执方诸，承月中水。" ⑬ 生绡（xiāo）：绘画用的一种绢。⑭ 金坡：唐德宗时翰林院搬至金銮坡，省称金坡。巨然：江宁（今江苏南京）人，开元寺僧，南唐著名画家，李煜降宋，随至京师。工画山水，师法董源，与董源并称"董巨"。 ⑮ 粉墨：绘画的颜料和墨。漫与：轻漫，随便。 ⑯ 崔白：宋代画家，濠梁（今安徽凤阳）人。宋郭若虚《图画见闻志》评价他："工画花竹翎毛，体制清赡，虽以败荷凫雁得名，然于佛道鬼神山林人兽无不精绝。" ⑰ 酒酣：酒喝得很畅快。 ⑱ 红雨：形容花瓣纷纷飘落。语出李贺《将进酒》诗："桃花乱落如红雨。" ⑲ 流莺：即莺，因其叫声婉转故称流莺。 ⑳ 掇（duō）蕊：采取花粉。翅股：翅膀与腿。 ㉑ 裘马穿羸（léi）：即裘穿马羸，衣服破烂，马匹瘦弱。裘：皮衣，此处泛指衣服。羸：瘦。㉒ 直：仅仅，只是。

翻译

画家纷纷哪足一一计数，

惠崇晚出我最赞许。

六月里林莽上蒸腾着旱云，

把我超脱地带进了洲渚。

芦苇低垂，雪白的芦花覆盖了泥土，

野鸭大雁静立着还带上伴侣。

往日见过的如今又历历在目，

多像那沙平水淡的西江浦。

傍晚的夜气遮没了渔网，

斜卧着听得呕轧之声如同鸣橹。

是不是惠崇施展了三昧之力，

把异地的山川来截取。

又用方诸来取水调和幻药，

洒向绢绡上改变了寒暑。

金坡的巨然能画山几堵，

平庸的画工空费粉墨却景物散乱。

濠梁的崔白也善画，

曾见过他画的桃花闲静初吐。

喝醉酒提起笔来笔下起春风，

恐怕立刻就会落下一阵红雨。

黄莺探出花枝婉转欲语，
蜜蜂采了花蕊扇动着翅股。
二人一时都称绝艺，
可裘穿马瘦久于羁旅。
华堂上却在吝惜万两黄金，
还硬说今人不如古。

杏花

王安石偏爱杏花，在他的诗集中，有多首吟咏杏花的佳作，如《北陂杏花》《病中睡起折杏花数枝》《次韵杏花》等都各具特色。这首咏杏诗艺术构思的独到之处在于，不直接描摹杏花本身的娇美艳丽，而全用比喻手法烘托，展现她在水中娇娆的倒影。宋人许顗《彦周诗话》云："荆公爱看水中影，此亦性所好。""未觉身胜影"正写出了诗人的审美感受：水中影胜于岸上花。后四句以美人比花，这本是俗喻，但诗人在这里将花与美人共咏，花即美人，美人即花，使人联想到这水中影既是美人的残妆又是杏花缭乱的倩影，于俗中见巧，常中出新，给人以新鲜的感受。

石梁度空旷[①]，　茅屋临清炯[②]。
俯窥娇娆杏[③]，　未觉身胜影。
嫣如景阳妃，　含笑堕宫井[④]。
怊怅有微波[⑤]，　残妆坏难整。

---

① 石梁：石桥。空旷：代指空旷的水面。　② 清炯(jiǒng)：代指清

澈明亮的流水。 ③ 窥：看，观察。 ④“嫣如”二句：以南朝陈后主的宠妃张丽华、孔贵嫔的美容比杏花的娇美。陈后主宠幸张、孔二妃，隋兵南下渡江攻占了台城，后主与二妃躲至景阳宫井中遂被擒。事见《陈书·后主纪》。嫣（yān）：巧笑的美。景阳妃：指张丽华、孔贵嫔。宫井：指陈后主携二妃躲藏的景阳井，后人称为“胭脂井”“辱井”，在今南京鸡鸣山。 ⑤ 怊（chāo）怅：惆怅，失意怅惘的样子。

翻译

石梁跨过空旷的水面，
茅屋临着清流。
俯看娇娆的杏花，
并不觉得花儿胜过倒影。
巧笑如同景阳宫的妃嫔，
含笑落下了宫井。
让人惆怅呵剩有微波，
残妆弄乱了难以重整。

明妃曲二首

《明妃曲二首》作于仁宗嘉祐四年(1059),昭君出塞的动人故事是古典诗词中经常歌咏的内容,这类作品往往都带着悲剧色彩,为昭君的不幸唱着悲歌。白居易凄楚地慨叹:“独美众所嫉,终弃于塞垣。”(《过昭君村》)李白怀着深切的同情哀唱:“燕支长寒雪作花,蛾眉憔悴没胡沙。生乏黄金枉图画,死留青冢使人嗟。”(《王昭君二首》其一)至于酿成悲剧的原因一是归咎于“和亲”政策:“谁贡和亲策,千秋污简编。”(李中《王昭君》)而主要责任则推给了纳贿营私的毛延寿:“薄命由骄虏,无情是画师。”(沈佺期《王昭君》)这位本由小说家杜撰出来的人物便成了罪魁。王安石的这两首诗被公认为咏明妃的上乘之作,他一反传统的见解,对昭君出塞的史实及附会传说提出了新看法,令人耳目为之一新。作者首先为毛延寿翻案,又借汉武帝长门闭阿娇的典故,提出了“人生失意无南北”的识见,并且从胡人的一面着笔:“汉恩自浅胡自深,人生乐在相知心。”突出了知心无胡汉之分,失意无南北之别的识见。此二诗对明妃形象的刻画肖形写神,哀婉动人。王安石此诗一出,欧阳修、司马光、梅尧臣等都写诗唱和,足见影响之大。

其一

明妃初出汉宫时[1]，泪湿春风鬓脚垂[2]。低徊顾影无颜色，尚得君王不自持[3]。归来却怪丹青手[4]，入眼平生未曾有。意态由来画不成，当时枉杀毛延寿[5]。一去心知更不归，可怜着尽汉宫衣。寄声欲问塞南事[6]，只有年年鸿雁飞[7]。家人万里传消息，好在毡城莫相忆[8]。君不见，咫尺长门闭阿娇[9]，人生失意无南北[10]！

---

① 明妃：王嫱，字昭君，晋人避文帝司马昭讳改为明君，后人称明妃。南郡秭(zǐ)归(今湖北秭归)人，西汉元帝时被选入宫，一直不被皇帝召见，于元帝竟宁元年(前 33)自请和亲，嫁匈奴首领呼韩邪单于，为汉与匈奴的友好作出了贡献。 ② 春风：指美丽的脸庞。杜甫《咏怀古迹》之三咏王昭君有句："画图省识春风面。" ③ 不自持：失态，不能控制自己。 ④ 丹青手：画师，这里指毛延寿。 ⑤ 枉杀毛延寿：据《西京杂记》记载："元帝后宫既多，不得常见，乃使画工图形，案图召幸之。诸宫人皆赂画工，多者十万，少者亦不减五万。独王嫱不肯，遂不得见。后匈奴入朝，求美人为阏氏(yān zhī，匈奴的皇后)，于是上案图，以昭君行。及去，召见，貌为后宫第一，善应对，举止闲雅。帝悔之。"便杀了毛延寿。 ⑥ 寄声：带口信。塞南：指汉

朝统治的地区。 ⑦ 鸿雁：大雁，一种候鸟，居北方，冬天飞往南方过冬，用以比作传信的使者。 ⑧ 毡城：匈奴人居住的毛毡帐篷。⑨ 咫尺：距离很近。咫，周代指八寸。长门闭阿娇：汉武帝的陈皇后名阿娇，失宠后，被禁闭在长门宫，离汉武帝住所很近，故云咫尺。⑩ 无南北：没有南北之分，意谓在哪里都一样。

翻译

明妃刚离开汉宫之时，

泪流满面，鬓脚低垂。

低徊顾影失去了神色，

还使得君王一见倾心不能自持。

君王归来便责怪画师，

这美女平生入眼不曾有。

美女的神情姿态从来都难以描画，

当时枉杀了画师毛延寿。

明妃此去心知再也无法回来，

可怜她已着尽了汉宫旧衣。

想带个口信询问塞南的事情，

只有鸿雁年年向南飞。

万里之外家中人传来了消息，

你好好住在毡城不必相忆。

君不见近在咫尺的长门宫锁闭着阿娇，
人生失意起来本不分南北。

其二

明妃初嫁与胡儿[1]，毡车百两皆胡姬[2]。含情欲语独无处，传与琵琶心自知。黄金杆拨春风手[3]，弹看飞鸿劝胡酒。汉宫侍女暗垂泪，沙上行人却回首。汉恩自浅胡自深，人生乐在相知心。可怜青冢已芜没[4]，尚有哀弦留至今。

---

① 胡儿：胡人。古代汉人对少数民族的鄙称，这里指匈奴单于。
② 毡车：以毛织品作车帏的车，这里指匈奴迎接昭君的车辆。胡姬：匈奴的美女。 ③ 黄金杆拨：用黄金制作的演奏弹拨乐器时拨弦的用具。春风手：形容纤细娇美的手。 ④ 青冢：王昭君墓，在今内蒙古呼和浩特市南。相传冢上草色常青，故名。

翻译

明妃当初嫁给了胡儿，
毡车百辆里坐满了胡姬。
她含情欲语却无处可诉，

只能留在琵琶声里心中自知。
纤细娇美的手拿着黄金杆拨，
边弹边看着飞鸿勉强饮下胡酒。
汉宫的侍女暗地垂泪，
沙漠上的行人却观望回首。
汉恩自浅胡恩自深，
人生乐在相互知心。
可怜那青冢已经荒没，
仍有哀怨的弦音流传至今。

桃源行

陶渊明的名作《桃花源记并诗》问世后，历代文人据此题材创作出不少佳作，如王维的《桃源行》、韩愈的《桃源图》。王安石此诗独辟蹊径，另创新格，摆脱了前人重叙桃花源本事的窠臼，提炼出更深刻的主题，即抒发自己对乱世的厌恶，对盛世贤君的向往和对平等社会的追求。全诗思路清晰，条理分明，每四句为一层次。首四句，说明桃花源的来历；“此来”四句写桃花源中与世隔绝，安逸平静，淳朴和谐，自由平等的社会生活；“渔郎”四句写渔人偶入桃源与桃源中人彼此感叹人事变迁；结尾四句与篇首照应，感慨天下战乱不止，盛世明君一去不返。全诗以叙述为主，其间夹以议论，通过议论阐发社会见解。清人方东树《昭昧詹言》说：“介甫纯以议论惊空，绝不实写。”正是本文的谋篇特征。

望夷宫中鹿为马[①]，秦人半死长城下。避时不独商山翁[②]，亦有桃源种桃者。此来种桃经几春，采花食实枝为薪。儿孙生长与世隔，虽有父子无君臣[③]。渔郎漾舟迷远近[④]，花间相见惊相

问[5]。世上哪知古有秦，山中岂料今为晋[6]。闻道长安吹战尘[7]，春风回首一沾巾。重华一去宁复得[8]，天下纷纷经几秦。

---

① 望夷宫：秦宫殿名，秦相赵高曾在此杀死了秦二世胡亥。鹿为马：《史记·秦始皇本纪》载："赵高欲为乱，恐群臣不听，乃先设验，持鹿献于二世，曰：'马也。'二世笑曰：'丞相误邪？谓鹿为马。'谓左右，左右或默，或言马以阿顺赵高。或言鹿者，高因阴中诸言鹿者以法。"后世因以"指鹿为马"比喻故意颠倒黑白，混淆是非。 ② 避时：逃避乱世。商山翁：即商山四皓，东园公、甪(lù)里先生、绮里季、夏黄公四位老者，他们于秦末避乱隐居于商山(今陕西商州)。 ③ 无君臣：人人平等，没有等级差别。 ④"渔郎"句：语本陶渊明《桃花源记》："晋太元中，武陵人捕鱼为业，缘溪行，忘路之远近，忽逢桃花林。"渔郎：打渔人。 ⑤"花间"句：语本《桃花源记》："见渔人，乃大惊，问所从来。" ⑥"世上"二句：语本《桃花源记》："问今是何世，乃不知有汉，无论魏晋。" ⑦ 长安：西汉、西晋的都城，这里借指国家。吹战尘：升起战火，发生战乱。 ⑧ 重华：传说虞舜名重华。宁：怎能。

翻译

望夷宫里在指鹿为马，

秦人多半死在长城脚下。
逃避乱世的不仅是商山四皓，
也有桃花源里的种桃人家。
到此地种桃度过了多少冬春，
采桃花吃桃实桃枝可作柴薪。
子孙在这里生活与世隔绝，
虽有父子却不分君臣。
渔郎荡着船不知远近，
在桃花深处相见吃惊地彼此相问。
世上人怎记起古代有秦，
山中人怎料到如今是晋。
听说长安又吹起战尘，
春风中回首往事泪下沾巾。
虞舜一去怎能再得，
天下纷纷又经历了多少秦。

兼并

《管子·国蓄》云："利出于一孔者，其国无敌。……出四孔者，其国必亡。"王安石主张"利出于一孔"，反对"利孔百出"。此诗便是反映他关于抑制兼并，为国理财的改革思想的诗篇之一，作于仁宗皇祐五年(1053)，当时，作者通判舒州。诗的首八句肯定"人主擅操柄"，"公私无异财"，指出在那样的社会中，并无兼并现象。中八句追述兼并的产生和发展。后八句揭露现实社会中兼并造成的危害，斥责只知搜刮民财而不知变革的"俗吏""俗儒"。后来王安石变法中的许多举措如青苗法、均输法、免役法等都含有抑制兼并的目的。所以反对变法的苏辙认为王安石"设青苗法以夺富民之利"，"源其祸，出于此诗"(《诗病五事》)。可见此诗的影响。

三代子百姓[①]，公私无异财[②]。人主擅操柄，如天持斗魁[③]。赋予皆自我[④]，兼并乃奸回[⑤]。奸回法有诛[⑥]，势亦无自来[⑦]。后世始倒持[⑧]，黔首遂难裁[⑨]。秦王不知此，更筑怀清台[⑩]。礼义日已偷[⑪]，圣经久堙埃[⑫]。法尚有存者[⑬]，欲言时所

哈[14]。俗吏不知方，掊克乃为材[15]。俗儒不知变[16]，兼并可无摧[17]。利孔至百出[18]，小人私阖开[19]。有司与之争[20]，民愈可怜哉。

---

① 三代：指夏、商、周三代。子：当作子女看待。 ② 异财：份外的财物。 ③“人主”二句：人主：国君。擅(shàn)：独自。操：操持，掌握。柄：权柄。天：这里指北极星。持：掌握。斗魁：北斗七星中第一至第四颗称“斗魁”，第五至第七颗称“斗柄”，在不同的时间，北斗七星出现的方位不同，看起来像是围绕北极星运动。 ④ 赋：征收。予：给予，支出。我：指君主自己。 ⑤ 奸回：奸邪。回：曲，引申为偏邪。 ⑥ 诛(zhū)：惩罚，制裁。 ⑦ 势：指兼并的形势。无自来：无从产生。 ⑧ 倒持：据《汉书·梅福传》：“倒持泰阿，授楚其柄。”泰阿：剑名。“倒持泰阿”即自己拿着剑刃，将剑柄交给别人掌握，喻把大权交给别人，自己反受其害，这里倒持即此意。 ⑨ 黔首：老百姓。秦朝“更名民曰黔首”(《史记·秦始皇本纪》)。黔：黑色，因以黑巾裹头故称。裁：控制，治理。 ⑩“秦王”二句：据《史记·货殖列传》记载：四川有个名字叫清的寡妇，祖上几代开采丹砂，“清能守其业，用财自卫”，秦始皇很赏识她，为她筑了怀清台。按：秦始皇筑台表彰清是因为她能“守其业”，王安石理解为秦始皇借此鼓励兼并。 ⑪ 礼义：指儒家的礼仪制度和道德标准。偷：淡薄。 ⑫ 圣经：指《尚书》《诗经》《周礼》等经典。堙(yīn)埃：埋没在尘埃里。堙：埋没。 ⑬ 法：指三代传留下来的抑制兼并的办法。⑭哈(hāi)：嘲笑。 ⑮ 掊(póu)克：聚敛，搜刮。 ⑯ 俗儒：迂腐的

儒生。变：变通。 ⑰ 可无摧：可以不加以限制、制止。 ⑱ 利孔：获取财利的门路，语出《管子·国蓄》。 ⑲阖(hé)开：关闭和开启，这里指营私舞弊操纵财利。 ⑳ 有司：主管官吏。

翻译

三代把百姓当子女看待，
公家和私人都没有份外的资财。
君主独自操着权柄，
就像北极星掌握着斗魁。
赋敛和给予都由君主掌握，
兼并被看作奸邪的行为。
奸邪要受到法律制裁，
兼并之势也就很难存在。
后代开始权柄倒持，
老百姓也就难以制裁。
秦始皇不懂得这个道理，
还修筑了怀清台。
礼义一天天淡薄，
圣人的经典久已堙埋尘埃。
三代抑制兼并的办法虽有所遗留，
但谁要说起便会遭到讥笑责怪。

俗吏不懂治国的方法，

把横征暴敛的当作人才。

俗儒不懂得变通，

竟以为不必去抑制兼并之害。

获取钱财的门路百出，

小人便私自收紧或放开。

主管的官吏和他们争夺权利，

老百姓便更加可怜悲哀。

虎图

关于这首咏《虎图》诗，李壁《王荆文公诗笺注》记载："或言，王介甫、欧阳永叔、梅圣俞与一时闻人，坐上分题赋虎图。介甫先成，众服其敏妙，永叔乃袖手。"足见此诗在当时的影响。描摹传神是此诗的一大特色。开头四句是对虎的直接描绘；诗的后半，又用四句描摹猛虎的活动背景。然而，作者并不只是停留于画面的描摹，一幅画的成功还要看产生的艺术感染力。结尾处用想象之笔，写善搏虎的冯妇也会下车来与之搏斗，进一步突出画中猛虎的活脱逼真，加强了诗的艺术表现力。

壮哉非罴亦非貙①，目光夹镜当坐隅②。横行妥尾不畏逐③，顾盼欲去仍踌躇④。卒然我见心为动⑤，熟视稍稍摩其须⑥。固知画者巧为此，此物安肯来庭除⑦。想当槃礴欲画时⑧，睥睨众史如庸奴⑨。神闲意定始一扫，功与造化论锱铢⑩。悲风飒飒吹黄芦，上有寒雀惊相呼。槎牙死树鸣老乌⑪，向之俯噣如哺雏⑫。山墙野壁黄昏后，冯妇

遥看亦下车⑬。

---

① 羆(pí):熊的一种,也叫马熊或人熊。貙(chū):一种野兽,似狸而大。 ② 夹镜:形容两眼闪光,像两面镜子。当:对着。坐隅:座位旁边。 ③ 横行:率意而行。妥尾:尾垂于地。 ④ 顾盼:左顾右盼,向四周张望。踌躇(chóu chú):犹豫不决。 ⑤ 卒(cù)然:猝然,突然。 ⑥ 稍稍:随即。摩:抚摩,摸弄。 ⑦ 庭除:庭院。除:台阶。 ⑧ 槃礴(pán bó):同"般礴",伸开两腿随意而坐,示不拘形迹。《庄子·田子方》:"宋元君将画图,众史皆至……有一史后至者,儃儃然不趋,受揖不立,因之舍。公使人视之,则解衣般礴,赢。君曰:'可矣,是真画者也。'" ⑨ 睥睨(pì nì):斜视,表示轻视。庸奴:才能平庸、低下的人。 ⑩ 造化:大自然的创造化育。锱铢(zī zhū):比喻极轻微、细小。锱、铢都是古代很小的重量单位。 ⑪ 槎(chā)牙:参差不齐的样子。 ⑫ 噣(zhòu):鸟嘴。哺雏:喂小鸟。雏:幼小的鸟。 ⑬ 冯妇:古代善捕虎的人。据《孟子·尽心》载:"晋人有冯妇也,善搏虎,卒为善士。则之野,有众逐虎,虎负嵎(背靠着山角),莫之敢撄。望见冯妇,趋而迎之。冯妇攘臂下车。"

翻译

雄壮呵!既不是羆也不是貙,

目光像镜子当着坐隅。

垂着尾巴横行着不怕人追赶，
左顾右盼想走开又踌躇。
猛然一见我不由得心动，
仔细端详才敢稍稍摸它的虎须。
这当然是画师的巧绘，
不然它怎肯来到我的庭除。
想当初画师意气潇洒欲画时，
斜视众史，把他们看成庸奴，
神闲意定然后下笔一扫，
功力和大自然造化不差锱铢。
悲风飒飒吹动着黄芦，
上边有寒雀惊恐地叫呼，
参差的枯树上鸣叫着老乌，
向猛虎伸出嘴来像哺雏。
这幅图若挂在山墙野壁黄昏之后，
冯妇远远看见也会下车。

两马齿俱壮

这首诗约作于嘉祐三年(1058)前后。诗中以对比的手法,刻画了两匹马:一匹挣脱了束缚羁绊,奔腾嘶鸣,迅比风雷;另一匹顾影徘徊,恋栈思归,裹足不前。作者意在以马喻人,以马抒怀。奔腾的马实是作者理想精神的化身,积极进取,不受束缚,激流勇进正是刻意改革的政治家所应有的精神风貌;而那匹徘徊的马则表达了作者对不求进取,安于现状,因循守旧者的批评与讽谕。诗中对两匹马的刻画虽寥寥数笔,却鲜明生动,准确逼真,形神毕现。

两马齿俱壮[①],自骄千里材[②]。生姿何轩轩[③],或是龙之媒[④]。一马立长衢[⑤],顾影方徘徊[⑥]。一马裂衔辔[⑦],奔嘶逸风雷[⑧]。立岂饱刍豆[⑨],恋栈常思回[⑩]。奔岂欲野龁[⑪],久羁羡驽骀[⑫]。两马不同调[⑬],各为世所猜 。问之不能言,使我心悠哉[⑭]!

---

① 齿俱壮:幼马每年生一齿,所以用马齿可推算马的年岁,齿俱壮说

明这两匹马正当少壮。 ② 自骄：自傲，充满信心。 ③ 生姿：姿态，神态。轩轩：仪态轩昂，气概不凡的样子。 ④ 龙之媒：骏马。据《汉书·礼乐志》所载《天马歌》："天马徕兮龙之媒。"应劭注："言天马者乃神龙之类，今天马已来，此龙必至之效也。"故后世称骏马为龙媒。 ⑤ 长衢（qú）：大路。 ⑥ 顾影：看着自己的影子，自我欣赏。 ⑦ 裂：挣断。衔：马嚼铁。辔（pèi）：驾驭马的缰绳。⑧ 嘶：鸣叫。逸：超越。 ⑨ 立：指"立长衢"的那匹马。岂：莫非，或许。刍（chú）豆：马的饲料。刍：喂牲口的草料。 ⑩ 恋栈：留恋马栈。此语出自《晋书·宣帝纪》："驽马恋栈豆，必不能用也。"栈：牲口棚。 ⑪ 奔：指"奔嘶"的那匹马。野龁（hé）：不受束缚，不驯服。龁：咬。 ⑫ 羁（jī）：束缚。驽骀（nú tái）：劣马。 ⑬ 不同调：志向不同，格格不入。 ⑭ 悠：长，远。这里指想得很多。

翻译

两匹马正当少壮，
都自信是千里之材。
神态多么轩昂，
也许都是龙媒。
一匹马站立在大路上，
顾影正自徘徊；
另一匹马挣裂了衔辔，
奔腾嘶叫如同风雷。

那站立的莫非是吃饱了草料，
留恋着马栈老想回来。
那奔腾的莫非是要恢复本来的野性，
长久的束缚使它羡慕驽骀。
两匹马是这样不同调，
各为世人所疑猜。
想问个究竟可它们不会回答，
使我长久思考不能释怀！

杜甫画像

王安石在前代诗人中最推崇杜甫，皇祐四年(1052)，曾编《老杜诗后集》，在序中说："予考古之诗，尤爱杜甫氏作者。"并认为杜诗"非人之所能为"，赞叹"诗其难唯有甫哉!"可见推崇之至，此诗或作于同时。诗中首先盛赞了杜甫诗歌的伟大成就；接着赞扬杜甫的人品；最后则表达了永远以杜甫为榜样的愿望。从王安石的诗歌创作中也可看出学杜的痕迹非常明显，前期从政期间所写的大量古体诗，或同情人民疾苦；或揭露朝廷弊政；或鞭挞贪官污吏，继承了杜诗针砭现实的传统。而律体深学杜诗的锤炼之工，构思精妙，用字稳帖，刻画精审，成为宋诗中的佳制。

吾观少陵诗，谓与元气侔①。力能排天斡九地②，壮颜毅色不可求③。浩荡八极中④，生物岂不稠。丑妍巨细千万殊⑤，竟莫见以何雕锼⑥。惜哉命之穷，颠倒不见收。青衫老更斥⑦，饿走半九州。瘦妻僵前子仆后⑧，攘攘盗贼森戈矛⑨。吟哦当此时，不废朝廷忧。常愿天子圣，大臣各

伊周[10]。宁令吾庐独破受冻死，不忍四海赤子寒飕飕[11]。伤屯悼屈止一身[12]，嗟时之人我所羞。所以见公像，再拜涕泗流[13]。推公之心古亦少[14]，愿起公死从之游。

---

① 元气：古代哲学概念，指产生和构成天地万物的原始物质，即万物的本原。侔（móu）：等同，等齐。 ② 排天：推开天宇。排：推。斡（wò）：旋转。九地：大地。 ③ 壮颜毅色：雄伟的容颜，坚毅的本色。 ④ 八极：最边远的地方。《淮南子·地形》："九州之外乃有八殥……八殥之外而有八纮……八纮之外乃有八极。" ⑤ 丑妍：丑与美。妍：美丽。殊：不同。 ⑥ 雕锼（sōu）：雕刻，这里指文学创作中的刻画、描写。 ⑦ 青衫：唐代低品阶官员的服饰，这里代指小官。⑧ 瘦妻僵前：杜甫《自京赴奉先县咏怀五百字》中描写此情景："入门闻号咷，幼子饥已卒。"仆：倒下。 ⑨ 攘攘（rǎng）：纷乱的样子。盗贼：指安史之乱的叛军。森：众多，密集。 ⑩ 伊：伊尹，商汤的贤相，辅佐商汤灭夏桀。周：指周公，姓姬名旦，周武王之弟，武王死后，成王年幼，由周公摄政，治理天下。 ⑪ 四海赤子：天下穷人。飕飕（sōu）：清寒的样子。杜甫《茅屋为秋风所破歌》云："安得广厦千万间，大庇天下寒士俱欢颜。" ⑫ 屯（zhūn）：艰难。悼：伤心。屈：委曲，冤屈。 ⑬ 涕泗（sì）：眼泪鼻涕。涕：眼泪。泗：鼻涕。⑭ 推：推究，推求。

翻译

我读杜少陵的诗，
说它和天地元气等同相侔。
力量能推开天宇旋转大地，
那壮颜毅色不可寻求。
浩荡的八极之中，
生物岂不众多且稠。
美丑大小千差万别，
竟不知他如何描绘雕镂。
可惜呵他命途困穷，
穷愁潦倒未能被朝廷留收。
青衫老来还被斥逐，
忍饥受饿流浪半个九州。
瘦妻僵立在前幼子饿死在后，
盗贼攘攘遍地是战火戈矛。
乱世中仍赋诗呐喊，
时刻不忘替朝廷担忧。
常愿天子圣明，
大臣都像伊周。
宁愿自己的屋舍独破受冻死，
不忍见到四海赤子寒飕飕。

只为自己的艰难委屈伤心痛苦，
可叹呵，这种人是我所羞。
所以我见到了公的画像，
行礼再拜涕泗交流。
推公之心古代也很少见，
愿公复生我要从公游。

阴山画虎图

这首和前面所选的《虎图》诗虽都是咏画中之虎，但视角立意各不相同，《虎图》处处不离咏虎，而此篇的聚焦点则放在那位射虎的勇士身上，老虎处于陪衬地位。然后抒感慨，发议论，借咏画抒写自己对国事的关心。

阴山健儿鞭鞚急[①]，走势能追北风及[②]。透迤一虎出马前[③]，白羽横穿更人立[④]。回旗倒戟四边动[⑤]，抽矢当前放蹄入[⑥]。爪牙蹭蹬不得施[⑦]，碛上流丹看来湿[⑧]。胡天朔漠杀气高[⑨]，烟云万里埋弓刀。穹庐无工可貌此[⑩]，汉使自解丹青包[⑪]。堂上绢素开欲裂[⑫]，一见犹能动毛发。低回使我思古人[⑬]，此地抟兵走戎羯[⑭]。禽逃兽遁亦萧然[⑮]，岂若封疆今晏眠[⑯]。契丹弋猎汉耕作[⑰]，飞将自老南山边[⑱]，还能射虎随少年。

---

① 阴山：在今内蒙古中部，自古为北方屏障，汉武帝击败匈奴，屯兵防守；北宋时属辽境，使北方失去屏障。鞭：马鞭。鞚(kòng)：马笼

头。此处都作动词，意思是一手扬起马鞭，一手拉着马笼头。②及：赶上。 ③逶迤(wēi yí)：曲折斜行。 ④白羽：箭上白色的翎毛，此处代指箭。人立：举起前爪，像人一样站立。 ⑤戟(jǐ)：古代兵器。 ⑥当：对着。蹄：这里代指战马。 ⑦蹭蹬(cèng dèng)：失势难进的样子。 ⑧碛(qì)：沙漠。流丹：这里指老虎流的血。 ⑨胡天：胡人居住的地区。胡：古代对西北少数民族的通称。朔漠：北方的沙漠地带。 ⑩穹(qióng)庐：古代称游牧民族居住的毡帐，这里代指胡人。貌：描绘，此处作动词。 ⑪汉使：此处指汉人。丹青：绘画的颜料。 ⑫绢素：作画用的绢。 ⑬低回：徘徊。 ⑭抟(tuán)兵：统帅军队，这里泛指作战。抟：统帅。走：驱逐。戎羯(jié)：指入侵的外族。戎：古代对西部民族的统称。羯：古代匈奴的一支。 ⑮禽逃兽遁：如鸟兽一样逃遁。遁：逃。萧然：萧条冷落的样子。 ⑯封疆：疆界，边境。晏眠：安然睡觉。晏：安。⑰弋(yì)猎：射猎。弋：用带绳子的箭射。 ⑱飞将：汉代名将李广，屡次击败匈奴侵扰，匈奴称之为“飞将军”，后被废为平民，闲居蓝田(今陕西蓝田)南山中射猎。

翻译

阴山的健儿快马加鞭跑得急，

那走势能把北风追及。

逶迤里一头猛虎出现在马前，

一箭把猛虎射穿猛虎还人立。

回旗倒戟向四方散开，
健儿抽出箭向前放马直冲过去。
爪牙已失势无力可施，
沙堆上流血把地面打湿。
胡天北方大漠杀气腾腾，
万里烟云埋藏着弓刀。
穹庐中没有画工能画此杰作，
只有汉使能解开丹青包。
堂上的绢素展开猛虎好似要跳出，
一见它仍令人动毛发。
我在画前徘徊想起了古人，
曾在这里交兵赶走戎羯。
禽逃兽遁空荡萧条，
哪像边疆今日得安眠！
契丹游猎汉人在耕作，
飞将渐渐衰老在南山边，
还怎能射虎跟随着少年。

秃山

这是一首寓言诗。诗中描述了一群猴子在海中孤山上，繁衍不已，只知攘取食物，破坏山林，坐吃山空，而不知蓄积果谷，更不懂操锄耕作，最后使这里变成了“一毛不得留”的秃山。作者借此隐喻北宋积贫积弱的社会现实，那大大小小的官僚，就如同这群猴子，只顾眼前私利巧取豪夺，尽情挥霍，发展下去，国家也将成为一座“秃山”。最后作者疾呼“生生未云已，岁晚将安谋”，表现了对国家前途的深切忧虑和政治远见。唐代柳宗元有《憎王孙文》，王孙即猴子，文中痛斥了那些“窃取人食”，“凌挫折挽”山中草木的猴子，此诗可能受到柳文的启发。

吏役沧海上①，瞻山一停舟②。怪此秃谁使，乡人语其由③。一狙山上鸣④，一狙从之游。相匹乃生子⑤，子众孙还稠⑥。山中草木盛，根实始易求。攀挽上极高⑦，屈曲亦穷幽⑧。众狙各丰肥，山乃尽侵牟⑨。攘争取一饱⑩，岂暇议藏收⑪。大狙尚自苦，小狙亦已愁。稍稍受咋啮⑫，一毛不得留。狙虽巧过人，不善操锄耰⑬。所嗜

在果谷[14]，得之常以偷。嗟此海中山，四顾无所投[15]。生生未云已[16]，岁晚将安谋[17]？

---

① 吏役：因公出差。 ② 瞻(zhān)：向上或向前看。 ③ 乡人：山上居民。由：理由，缘由。 ④ 狙(jū)：猴子。 ⑤ 匹：匹配，成配偶。 ⑥ 稠：多而密。 ⑦ 攀挽：攀登牵拉。 ⑧ 屈曲：曲折。幽：指人迹罕至的地方。 ⑨ 侵牟(móu)：侵夺。牟：取。 ⑩ 攘(rǎng)：争夺，抢夺。 ⑪ 暇：闲暇。议：商议。 ⑫ 稍稍：渐渐。咋啮(zhà niè)：啃嚼。 ⑬ 操锄耰(yōu)：使用农具。操：拿。耰：古代的一种平整土地的农具。 ⑭ 嗜(shì)：嗜好，喜好。这里是贪的意思。 ⑮ 无所投：没有可投奔的地方。 ⑯ 生生：一代代繁殖不息。云：助词，无义。已：停止。 ⑰ 岁晚：年终，这里引申为最后。

翻译

我出公差来到了海上，
看见一座山便停了舟。
奇怪呵这山为什么弄得这么秃，
乡人向我讲述了缘由。
一只猴子在山上叫，
一只跟随它戏游。
相匹配生下了小猴儿，

儿子多孙儿更稠。
这山中草木本来很繁茂，
开始时草根果实很容易寻求。
攀援上到了极高处，
曲折搜寻找遍了僻幽。
猴子们都吃得肥胖，
山上都被它们侵夺一空。
抢来但求吃个饱，
哪顾得上讲藏收。
大猴子还能吃苦，
小猴子已经发愁。
草根果实逐渐被啃尽，
弄得寸草也不留。
猴子虽然灵巧胜过人，
但不会使用锄耰。
所喜欢的是果谷，
得来常靠窃偷。
可叹这海中的孤山上，
四顾无处可投。
这样无休止地繁殖下去，
到头来可有什么好计谋？

河北民

此诗是王安石政治诗中同情人民疾苦，反映人民愿望的代表作品，作于仁宗庆历六年(1046)。该年河北大旱，赤地千里。王安石在诗中描写了在辽与西夏的侵扰和汉族地主官僚压榨下的河北人民的悲惨生活，表达了对人民疾苦的深切同情。末二句又以“贞观之治”那样的太平盛世与北宋民穷兵弱的现实进行对比，抒发了对国家富足强盛的热切期望。

河北民①，生近二边长苦辛②。家家养子学耕织，输与官家事夷狄③。今年大旱千里赤④，州县仍催给河役⑤。老少相携来就南⑥，南人丰年自无食。悲愁白日天地昏，路傍过者无颜色⑦。汝生不及贞观中⑧，斗粟数钱无兵戎⑨。

---

① 河北：指黄河以北。 ② 二边：指北宋和辽、西夏接壤的边境地区。 ③ 输：交纳。事：供奉。夷狄：我国古代对少数民族的鄙称，这里指辽和西夏。 ④ 千里赤：大片土地寸草不生。 ⑤ 河役：治理黄河的劳役。 ⑥ 就：到。南：这里指黄河以南。 ⑦ 无颜色：

面黄肌瘦，满面愁容。 ⑧ 不及：没有赶上。贞观：唐太宗李世民的年号（627—649），“贞观之治”是我国封建时代的盛世。 ⑨“斗粟”句：据《资治通鉴》卷一百九十六载，唐太宗于贞观十五年（641）曾对侍臣说自己有二喜：“比年丰稔，长安斗粟直三、四钱，一喜也；北虏久服，边鄙无虞，二喜也。”此句诗意即本此史实。兵戎：战争。

翻译

河北民，
生来邻近二边长年受苦辛。
家家养儿学习耕与织，
交与朝廷用来进贡给夷狄。
今年大旱千里地赤。
官府仍然催逼百姓修河服劳役。
扶老携幼逃向南，
虽是丰年南人仍旧缺粮食。
悲伤愁苦白日也觉天地昏，
路旁行人满脸露愁色。
你们出生没有赶上贞观中，
一斗粟只需几文钱还没有兵戎。

岁晚

诗题《岁晚》有双重含意，既表示时值秋天，已接近岁暮；也表示诗人年纪已老，到了暮年。本诗以轻淡的笔墨，写携家人在秋天月夜泛舟野外的情趣。结句"岁晚惜流光"是对人生旅程的真实体悟。正是因为年老的诗人格外珍惜流逝的时光，在他眼中，秋天的夜色才格外美好。

月映林塘淡，　风含笑语凉。
俯窥怜绿净[①]，　小立伫幽香[②]。
携幼寻新菂[③]，　扶衰坐野航[④]。
延缘久未已，　岁晚惜流光[⑤]。

① 窥：看。怜：爱。　② 伫（zhù）：伫立，站着。　③ 菂（dì）：莲子。　④ 扶衰：拖着衰老的身体。野航：指简陋的船。　⑤ 延缘：流连徘徊。已：停止。流光：流逝的光阴。

翻译

月色映照着清淡的林塘，

风儿送来了笑语和微凉。

俯看洁净的绿水真让人喜爱，

稍稍站一会儿便闻到幽香。

带着幼儿寻找新鲜的莲子，

拖着衰老的身体坐在船上。

久久流连不愿离去，

人到暮年格外珍惜流光。

半山春晚即事[1]

这首诗写半山园暮春的景致及诗人独特的感受。名为“即事”，好像是在随意即景抒怀，实则写景抒情句句见精巧。首联二句以省净的笔墨写出了暮春景色的变化，方回用“出奇”评价这两句(《瀛奎律髓汇评》)；三四句突出山路、园舍的“静”与“深”；接着转入描述自我，虽然只是简单地叙述“小息”后再“寻幽”，却读之可见其人，一个寄情山林，安恬自得的抒情主人公的形象跃然纸上。诗以寂静的山间传来北山鸟的鸣唱而结尾，情韵悠悠。高步瀛《唐宋诗举要》评此句：“寓感愤于冲夷之中，令人不觉。”说感愤未必恰当，但这冲夷当中确实隐藏着作者孤独寂寞，相知难寻的心境。

① 半山：王安石罢相后，退居江宁，筑宅于此，因恰在江宁至钟山的半路上，故名“半山园”，自号半山。神宗元丰七年(1084)，因病乞此园为寺，神宗赐名为报宁寺。春晚：晚春，暮春。

春风取花去，　酬我以清阴。

翳翳陂路静[1]，　交交园屋深[2]。

床敷每小息[3]，　杖屦亦幽寻[4]。

惟有北山鸟，　经过遗好音⑤。

---

① 翳翳(yì)：树荫森森的样子。陂(bēi)路：山间小路。陂：山坡。② 交交：树枝繁茂，重叠交盖的样子。　③ 床敷：安置坐具。床：交床，也称胡床、交椅，一种坐具。敷：铺设。　④ 杖屦(jù)：拄杖漫步。杖，手杖。屦，古代的一种鞋。这里杖、屦均用作动词。幽寻：寻幽。　⑤ 遗(wèi)：给予。

翻译

春风带去了花朵，
又送给我清阴。
绿阴阴的山路宁静，
树枝交盖的园屋藏深。
交椅安置好常常小息，
拄起拐杖去幽处探寻。
只有那北山鸟儿。
飞过之处留下了好音。

径暖[①]

这首诗描绘了恬静安谧的山村景色。作者似乎在不经意地吟咏，仔细读来却淡静有味，从构图谋篇到遣词造句都颇具匠心，每一联都从不同的视角展示景物。首联写近景，从小径如茵的碧草推移到山中烂漫的繁花；颔联移步换形，由近及远，展现河流与村落；颈联用“以声衬静”的手法，突出山村的恬静和村民生活的安详。结句“疑是武陵源”与前面的写景意脉连贯，抒发了诗人对桃花源生活的一片向往之情。

① 诗题一作《即事》。

径暖草如积[①]，　山晴花更繁。
纵横一川水，　高下数家村。
静憩鸡鸣午[②]，　荒寻犬吠昏[③]。
归来向人说，　疑是武陵源[④]。

---

① 积：堆积，形容绿草茂盛。　② 憩(qì)：休息。　③ 荒寻：即寻幽，寻访山野的胜景。　④ 武陵源：即陶渊明在《桃花源记》中描绘的桃花源。

翻译

小径和暖绿草如积，
山上晴朗野花更繁。
纵横有一川绿水，
高下有几家村舍。
静休时鸡鸣中午，
寻幽时狗吠黄昏。
回来我向人讲说，
这里好像是武陵桃源。

壬辰寒食[1]

仁宗皇祐四年(1052)清明寒食时节,作者回江宁为其父王益扫墓,其长兄王常甫于先一年(1051)亦已不幸去世,年仅三十七岁。为父祭扫坟墓,诗人心情已很沉痛,再加以长兄早逝,可谓悲上加悲,这便奠定了这首诗深痛悲哀的感情基调。诗的前四句颇得评论家好评,清人纪昀说:“起四句奇逸。”许印芳说:“既有精思,又行以灏气,大有盛唐人风味。”(《瀛奎律髓汇评》)首联以春风吹拂下的千万条杨柳喻哀思;颔联写伤心泪使大江潮涨;结句直抒自己由于父兄离世而对仕宦心灰意懒,只想归隐山林度过此生,进一步衬出了对亲人感情的深厚。

① 壬辰:仁宗皇祐四年(1052)。寒食:节令名,在清明前一或二日。据梁宗懔《荆楚岁时记》:“去冬节一百五日,即有急风甚雨,谓之寒食,禁火三日。”

客思似杨柳[1],　春风千万条。
更倾寒食泪,　欲涨冶城潮[2]。
巾发雪争出[3],　镜颜朱早凋[4]。
未知轩冕乐[5],　但欲老渔樵[6]。

① 客:离家在外的人,这里指作者自己,这时作者正任舒州(今安徽潜山)通判。思:思绪,这里指愁思、哀思。 ② 冶城潮:指长江的大潮。冶城,古地名,在今江苏南京,相传三国吴(一说春秋时吴王夫差)冶铸于此,故名。 ③ 巾:头巾,古人先裹巾再戴帽。雪:喻白发。 ④ 颜:容颜。朱:年轻时红润的脸色。凋:凋零。这里指人的容貌像草木一样凋萎、衰老。 ⑤ 轩冕:古代卿大夫的轩车和冕服,代指仕宦。 ⑥ 老:终老。渔樵:渔人与樵夫,代指隐居。

翻译

我的愁思如同杨柳,
春风吹荡起千万条。
更洒下寒食泪,
使长江也要涨潮。
束头巾白发争出,
照明镜朱颜早凋。
不知道仕宦还有什么乐趣,
只想早日退隐老于渔樵。

孤桐

这是一首咏物诗，作者托物言志，自比孤高的梧桐。它傲然挺立，根叶繁茂，坚强不屈，虚心不傲，表达了作者推行新法的坚强意志和献身精神。同时，诗中也流露出孤高的情怀，反映出孤立无援的处境。全诗成功地运用比兴的手法，句句诗都语意双关，既体貌咏物又写人言志，形象鲜明，寓意深刻。

天质自森森①，　孤高几百寻②。
凌霄不屈己，　得地本虚心③。
岁老根弥壮④，　阳骄叶更阴。
明时思解愠⑤，　愿斫五弦琴⑥。

---

① 天质：天然的资质。森森：树木枝叶繁茂的样子。　② 几：几乎，差不多。寻：古代长度单位，八尺为一寻。　③ 得地：扎根大地。虚心：梧桐树木质中空，这里是一语双关，象征谦虚的心怀。　④ 弥：更加。　⑤ 明时：政治清明的时代。解愠（yùn）：解除怨苦。愠：疾苦，怨愤。　⑥ 愿斫五弦琴：据《孔子家语·辨乐解》：帝舜一面弹着五弦琴，一面唱着《南风》诗，其中有两句歌词是："南风之熏兮，可以

解吾民之愠兮。”桐木是造琴的上好材料,王安石借此典故歌颂为民解除痛苦而献身的无私精神。斫(zhuó):砍,削。

翻译

天然的本质葱茏茂密,
孤高挺立有几百寻。
高耸入云不屈己,
扎根大地本虚心。
年岁越老树根越壮,
骄阳之下树叶更阴,
圣明的时代为解除百姓痛苦,
情愿献身斫成五弦琴。

登宝公塔[1]

此诗写作者登临宝公塔的所见所感。首联以倦童疲马留于寺门自己却扶杖独自登临的鲜明对比，表现对山水的兴致之浓，为下面的写景抒情作了铺垫；颔联写江面山岭黄昏入夜时分光影的转移变化，从大处着笔，境界十分开阔，用语极为工致，成为千古传诵的名句，黄庭坚赞之为“句中眼”（惠洪《冷斋夜话》）。“鼠摇”“鸦矫”一联又从细微处落墨，突出了周围环境的空寂冷清。尾联写登临所感亦出人意表，面对此景，诗人竟达到客主两忘、得意忘言的最高艺术境界，足以见出山川形胜之魅力。

① 宝公塔：宝公，南朝名僧，名宝志，本姓宋。梁武帝天监十三年(514)葬钟山定林寺前冈独龙阜。永定公主在上面建宝公塔，次年于塔前建开善寺。

倦童疲马放松门[1]，　自把长筇倚石根[2]。
江月转空为白昼[3]，　岭云分暝与黄昏[4]。
鼠摇岑寂声随起[5]，　鸦矫荒寒影对翻[6]。
当此不知谁客主，　道人忘我我忘言[7]。

① 放松门:留在松门。松门:松木作的门,此处当指开善寺的门。
② 把:拄持。筇(qióng):拐杖。筇为一种竹子,可做拐杖,故拐杖也称筇。石根:石头底部,这里指宝公塔基石。 ③ 江月:江面升起的皓月。转:流转,运转。 ④ 岭云:山间飘浮的云影。暝:昏暗。 ⑤ 岑(cén)寂:冷清,寂寞。 ⑥ 娇:高举,这里是向上飞的意思。 ⑦ 道人:指寺僧。忘言:用陶渊明《饮酒》诗语:"此中有真意,欲辨已忘言。"

翻译

倦童疲马留在松门,
我扶着竹杖倚着塔基。
江月转空成为白昼,
岭云分暗给予黄昏。
老鼠打破沉寂声音随之而起,
乌鸦在荒寒的旷野对影翻飞。
此时此刻不知谁是客谁是主,
僧人忘掉了我我也忘言。

详定试卷二首[①]（其二）

这首诗作于仁宗嘉祐六年（1061），这时，作者任进士考试的详定官，另一位考试官写诗赠他，他以此诗作答，诗中的“君”即他答诗的对象。诗中反映了作者对当时的科举考试制度的不满。北宋中叶前，科举制度沿袭隋唐，以进士、明经两科为重，考诗赋、经学，以考察士子的文辞是否华美可观；经学传注是否记诵精熟。因此，科举及第的人未必有治国从政的真才实学。这首诗中虽然直接评论的是汉赋，但锋芒所向却是当时的考试制度。作者指出，汉赋作者的地位在当时已是等同倡优，而今却要从中选拔国家的栋梁之材，笔锋犀利，切中要害。后来在熙宁年间的变法中，对科举制度进行了改革，废除了专门记诵经书的明经科，进士科不再考诗赋，而改考义理之学，即对儒家经典的理解与阐述。考试内容的改革与此诗表现的思想一脉相承。

① 详定：宋代科举考试由初考官、复考官、详定官确定考生等第。此时，王安石任详定官。宋制，同一试卷由初考官与复考官各定一等第，然后交详定官审定，但详定官只能据初考或复考等第中的一种定考生等第，不得另立等第。王安石为详定官时，认为初考官与复考官所定等第均不合适，遂另定等第。详定官可另立等第，自王

安石始。

童子常夸作赋工①，暮年羞悔有扬雄②。
当时赐帛倡优等③，今日论才将相中④。
细甚客卿因笔墨⑤，卑于《尔雅》注鱼虫⑥。
汉家故事真当改⑦，新咏知君胜弱翁⑧。

① 童子：少年人。 ② 扬雄（前53—18）：字子云，西汉著名文学家，早年喜作赋，晚年感到后悔，曾说："童子雕虫篆刻，壮夫不为。"（扬雄《法言·吾子》） ③ 赐帛：西汉时，文人写了辞赋，皇帝满意常赐以帛。帛：丝织品。倡优：在宫廷中为皇帝、贵族演戏的艺人，社会地位低下。等：等同。 ④ 论才：衡量选拔人才。 ⑤ 细甚：非常琐细、微小。客卿因笔墨：据《汉书·扬雄传》，扬雄作《长扬赋》，给笔取名"翰林主人"，给墨取名"子墨客卿"，以笔和墨的对答形式写成。 ⑥ 卑：卑下。《尔雅》注鱼虫：《尔雅》是西汉时编集的我国第一部训诂书，共分十九类，释鱼和释虫是其中的两类，唐代韩愈认为《尔雅》只重文字解释，写诗说："《尔雅》注鱼虫，定非磊落人。"（《读皇甫湜公安园池诗书其后》） ⑦ 汉家故事：汉朝的规章制度，这里实指唐宋以诗赋取士的科举制度。故事：旧事，这里指旧的制度。⑧ 弱翁：汉宣帝时的著名宰相魏相，字弱翁。据《汉书·魏相传》载：他曾经向汉武帝"奏故事、诏书凡二十三事"，认为"古今异制，方今务在奉行故事而已"。要求按汉朝建国初年的旧制度办事，不必加

以改革。

翻译

童子时常自夸作赋能工，

到晚年羞悔作赋的是扬雄。

当时虽得赐帛地位却和倡优相等，

如今论才选拔将相却在其中。

琐细如同客卿论笔墨，

低下甚于《尔雅》注鱼虫。

汉代的旧制真应当改革，

读了你的新诗觉得你胜于弱翁。

春风

仁宗嘉祐四年(1059)冬,王安石卸江东提刑任,回京述职。不久,奉命送契丹使北归,五年(1060)春到达河北一带。这首诗写于奉使契丹途中。诗中描写了壮丽的北国风光和诗人的感触。全诗写景细腻,感情真挚,字字句句洋溢着对祖国由衷的热爱。颔、颈两联经过作者精心锤炼,立意新颖,对仗工稳,用字精确。颔联写远景,颈联写近景;结句构思新奇,感情深沉,照应自然,抒发了山川依旧、景物皆非的感慨及作者对失陷于辽的祖国河山的无限依恋之情。

一马春风北首燕[①],　却疑身得旧山川。
阳浮树外沧江水[②],　尘涨原头野火烟[③]。
日借嫩黄初着柳[④],　雨催新绿稍归田[⑤]。
回头不见辛夷发,　始觉看花是去年[⑥]。

---

① 北首燕:向着北方的燕地。语出自《汉书·韩信传》:“北首燕路。”首:向着。燕,今河北北部、辽宁西部一带,古时为燕国所在地,当时为契丹占据。　② 阳:阳气,指春天充满生命力的气息。沧:水呈青

绿色。 ③ 涨：升腾，升起。 ④ 着：附着。 ⑤ 稍：渐渐，与上句的“初”相对。 ⑥“回头”二句：王安石的故乡江西临川多辛夷树，他在《乌塘》诗中曾有“辛夷如雪柘冈西”句，柘冈即在临川。作者作此诗的前一年即嘉祐四年(1059)曾回临川，故云“看花是去年”。辛夷：香木名，一名木笔，开白花者名玉兰，又称望春、迎春。

翻译

在春风中一马北上前往燕地，
却疑是置身在旧日山川。
阳和气息浮动在树外的沧江水面，
尘土飞扬原野尽头升腾起野火之烟。
日色带来嫩黄刚上柳梢，
春风催着新绿渐渐归田。
回头却不见辛夷开花，
才觉得看花是在去年。

示长安君[1]

仁宗嘉祐五年(1060)春,王安石奉命出使辽国,写此诗与大妹王文淑告别。魏泰《临汉隐居诗话》记:"近世妇人多能诗,往往有臻古人者,王荆公家最众。"而其中以王文淑"佳句为最多",王安石也说她"工诗善书,强记博闻"(《长安县太君墓表》)。王安石集中有数首与文淑的唱和诗,如《和文淑湓浦见寄》《次韵张氏女弟咏雪》,可见王文淑是位才华出众的女子,兄妹之间的感情也相当深厚。因为是与手足情深的亲人话别,所以全诗无一句客套语,从头至尾娓娓道来,情真意切,感人肺腑。作者自二十二岁进士及第步入仕途以来,长年任职于外且调任频繁,与亲属长期离别难得相聚,诗中抒发了这种别易会难的情感。结尾处妹急切地询问归期,兄巧妙地回答大雁会传来音讯,亲情悠悠,语尽而意不尽。

① 长安君:王安石的大妹王文淑,工部侍郎张奎的妻子,封长安县君。县君是唐宋五品官的母、妻的封号,徽宗后废此称,改用夫人、淑人等。

少年离别意非轻,　老去相逢亦怆情[1]。

草草杯盘供笑语[2]，昏昏灯火话平生。

自怜湖海三年隔[3]，又作尘沙万里行[4]。

欲问后期何日是[5]，寄书应见雁南征[6]。

---

① 怆(chuàng)情：感伤。 ② 草草：匆匆忙忙准备的、简单的。杯盘：这里代指酒菜。 ③ 三年：这里泛指时间长久，多年。 ④“又作”句：因辽在今河北、山西北部一带，地处荒漠，故云“尘沙万里行”。 ⑤ 后期：后会之期。 ⑥ 书：信。

翻译

年轻时亲人相别情意非轻，

到老来相见仍是伤情。

草草备下的酒菜供我们谈笑，

昏暗的灯火下诉说平生。

自怜隔湖海三年分离，

又将冒尘沙万里远行。

要问何日才能相聚，

寄书信应看到大雁南征。

思王逢原三首[①]（其二）

此诗作于嘉祐五年（1060），王令是北宋一位诗人，他节操高尚，才华卓绝。仁宗至和元年（1054），王安石于舒州通判任上被召入京，路过高邮，王令携诗造访，受到王安石的赏识，“期其材可与共功业于天下”（刘发《广陵先生传》）。并将其妻吴夫人的妹妹嫁给他。嘉祐四年（1059），年仅二十八岁的王令不幸早逝，次年秋，王安石写下三首七律悼念亡友，此为第二首。诗中注入了王安石对故人的深挚情谊，全诗笼罩着悲哀的气氛。这首诗之所以感人至深，在于作者将对友人浓郁深厚的感情凝于笔端，无论是写景、叙事、议论、感喟都流注着真情。

① 王逢原（1032—1059）：名令，广陵（今江苏扬州）人。王安石的连襟，也是至交。以教书授徒为业，擅长诗文，诗风奇崛劲健，深受唐代韩愈、孟郊的影响。有《广陵先生文集》。

蓬蒿今日想纷披[①]，冢上秋风又一吹[②]。

妙质不为平世得[③]，微言惟有故人知[④]。

庐山南堕当书案，湓水东来入酒卮[⑤]。

陈迹可怜随手尽[⑥]，欲欢无复似当时。

① 蓬蒿：一种野草。纷披：多而杂乱的样子。 ② 冢：坟墓。 ③ 妙质：卓越的才能和品质。平世：这里指太平盛世。 ④ 微言：高深的言论。语出《汉书·艺文志》："昔仲尼没而微言绝。"故人：老朋友，这里指王安石自己。 ⑤"庐山"二句：追忆与王逢原在庐山同读书共游览的往事。仁宗嘉祐三年(1058)二月，王安石提点江东刑狱，到鄱阳(今江西鄱阳)任职，王令于六月去鄱阳与王安石相聚，鄱阳临庐山、湓水。南堕：如同从南面自天而落。当：对着。湓(pén)水：源出江西瑞昌西清湓山，东流经九江城入长江。酒卮(zhī)：古代盛酒的容器。 ⑥ 陈迹：旧事，往事。随手尽：紧接着便消失了。

翻译

蓬蒿今日想已纷披，
你冢上的秋风又一次吹起。
你卓越的才质不为平世重用，
你深刻的言谈只有故人铭记。
庐山从天而降当着书案，
湓水滚滚东来涌入酒杯。
可叹往事随你的去世都已散尽，
要欢笑再不可能像当时。

次韵平甫《金山会宿寄亲友》①

宋范正敏《遁斋闲览》一书中曾云："金山寺佳句绝少，张祜'树影中流见，钟声两岸闻'，孙鲂'天多剩得月，地少不生尘'，亦未为工。熙宁中荆公有'北固''西兴'之句，始为中的。"（《瀛奎律髓汇评》）唐人张祜、孙鲂的诗句之所以"未为工"，是因为未写出金山寺的特色，移到他山他寺亦可用。而王安石此诗写出了金山独有的风貌，遂成为同一题材中的佳构。

① 次韵：按照别人诗的韵脚作诗，这首诗便是依王平甫《金山会宿寄亲友》一诗的韵脚而作。平甫：王安石的弟弟王安国，字平甫，官至大理司丞。金山：在今江苏镇江西北，本名氐父山，又名金鳌岭、浮玉山，唐代起称金山，上有金山寺、法海洞、中冷泉等名胜。宋时，为长江中岛屿，现已与南岸相连。

天末海门横北固①，烟中沙岸似西兴②。
已无船舫犹闻笛③，远有楼台只见灯。
山月入松金破碎④，江风吹水雪崩腾⑤。
飘然欲作乘桴计⑥，一到扶桑恨未能⑦。

① 天末：天的尽头。海门：海口，大海的门户，据《十道志》："北固山三面临水，北望海口。"北固：北固山，在镇江北长江南岸。　② 西兴：西兴镇，在今浙江萧山西北钱塘江边，为王安石熟悉的旧游之地。　③ 船舫（fǎng）：这里指游船。舫：船。　④ 金：指月亮洒下的金光。　⑤ 雪崩腾：江浪奔腾踊跃如积雪崩落。　⑥ 桴（fú）：木筏。⑦ 扶桑：神木名，传说日出其下。《论语·公冶长》中云："子曰：道不行，乘桴浮于海。"又晋张华《博物志》载：天河与海通，每年八月都有人浮槎（chá）去来，有人乘槎而去，结果到了天河。此处两个典故合用，表达作者想远离人世间一切烦恼的愿望。

翻译

在天尽头横着的大海门户是北固，
那晚烟中的沙岸边像是西兴。
已不见船舫仍听到笛声，
远处有楼台却只看到闪灯。
山月照入松林像金色破碎，
江风吹上水面像积雪崩腾。
我飘然奇想乘船出海，
想一游扶桑可惜不能。

金陵怀古四首(其一)

金陵(今江苏南京)是六朝古都,金陵怀古也就成为唐宋诗人常咏吟的题材。王安石多年寓居于此,熟悉这里的一切,写下了《金陵怀古》四首七律,这是第一首。作者带着政治家的敏锐目光来看待历史的兴亡,诗中表现的不仅是吊古伤今的嗟叹,更多的是历史经验教训的总结。首联提出了创业霸主历尽艰辛,由弱到强打下了天下,而后代子孙却不能守其业的历史事实;颔联指明其迅速败亡的原因;颈联追述南朝覆亡旧事;尾联出人意表地从历史兴亡之中走出来,作者看到朝代的兴衰是历史前进的规律,又何必去惋惜感叹!表现出睿智的思想和高远的怀抱。

霸祖孤身取二江①,　　子孙多以百城降。
豪华尽出成功后,　　逸乐安知与祸双。
东府旧基留佛刹②,　　《后庭》余唱落船窗③。
《黍离》《麦秀》从来事④,　　且置兴亡近酒缸。

---

① 霸祖:建立霸业的开国君主。二江:宋代江南东路和江南西路简

称二江，包括今江西省，江苏、安徽的江南部分及湖北部分地区，为建都金陵的各王朝的主要统治地区。 ② 东府：金陵有东府城，晋安帝时所建，城西为东晋简文帝任会稽王时的府第；城东为丞相会稽王司马道子的府第。佛刹(chà)：佛寺。 ③"后庭"句：用杜牧"商女不知亡国恨，隔江犹唱后庭花"诗意。《后庭》：陈后主曾作《玉树后庭花》曲，后世称此曲为亡国之音。 ④《黍离》：《诗经·王风》的篇名，据《毛诗序》所记：西周灭亡后，周大夫过旧都镐京时，看到"宗庙宫室，尽为禾黍"，于是"悯周室之颠覆，彷徨不忍去而作是诗"。《麦秀》：《麦秀之歌》，据《史记·宋微子世家》载殷商旧臣箕子过殷商故都，见到宫室尽毁，一片破败，作《麦秀之歌》，"殷民闻之，皆为流涕"。后世以《黍离》《麦秀》为感慨亡国触景伤情之词。

翻译

霸主单身取得了江南之地，
子孙多以百城之地投降。
豪华都出现在成功之后，
哪知逸乐和灾祸成双。
东府的旧址只留有佛寺，
《后庭》的余唱还飘荡在歌女的船窗。
抒写《黍离》《麦秀》是常有的事情，
放下兴亡不谈且近酒缸。

葛溪驿[1]

此诗描写秋夜的景色和羁旅途中忧国忧家的心情。首联以月昏灯明点染秋夜驿中的环境,引出下六句。三四句以"病身""归梦"细致入微的体察抒发秋夜羁旅的所感所思。五六句又进而从病苦、乡愁联想到时势的艰难,反映出诗人对国事的深沉忧虑,而这种忧国忧民的情怀与秋夜的凄清景致融贯于一,又以曲折顿挫的笔法层层道出。故清人许印芳评此诗云:"诗律精细如此,而气脉贯注,无隔塞之病,加以风格高老,意境沉深,半山学杜,此真得其神骨矣。"(《瀛奎律髓汇评》)

① 葛溪:在信州弋阳县(今江西弋阳)西二里,亦名西溪,因附近有葛仙翁冢,故名葛溪。葛溪驿在弋阳县南。驿:古代由政府设置的旅舍并备有马匹以供传递公文和接待来往官员。

缺月昏昏漏未央[1],　　一灯明灭照秋床。
病身最觉风霜早,　　归梦不知山水长。
坐感岁时歌慷慨[2],　　起看天地色凄凉。
鸣蝉更乱行人耳,　　正抱疏桐叶半黄[3]。

① 漏未央：夜将尽未尽。漏，古代计时的器具。未央，未尽。
② 岁时：时节。 ③ 疏桐：树叶稀疏的梧桐树。桐：梧桐。

翻译

残月昏昏长夜将尽未尽，
一盏孤灯似明似灭照着秋床。
有病之身最能感到风霜来得早，
梦里归乡就顾不得山远和水长。
独坐时倍感岁时悲歌慷慨，
起来看天地间景色凄凉。
蝉鸣更扰乱行人之耳，
它正抱着疏桐桐叶已枯黄。

苦雨

这首诗描写水利设施失修，暴雨成灾给百姓带来的苦难。诗题着一“苦”字，颇具感情色彩，作者是在为久雨不晴，百姓遭灾而苦。首四句首先描写暴雨成灾的景象，五六句由天灾而及人事，李壁《王荆文公诗笺注》评论：“观‘沟洫多废’之句，乃后来兴水利张本。”结尾二句是诗人发自肺腑的感慨，体现了作者忧国忧民的情怀。

灵场奔走尚无功[①]，　去马来车道不通。
风助乱云阴更密，　水争高岸气尤雄[②]。
平时沟洫今多废[③]，　下户京囷久已空[④]。
肉食自嗟何所报[⑤]，　古人忧国愿年丰[⑥]。

---

① 灵场：祭神的场所。　② 水争高岸：形容水势凶猛，浪涛一个接一个向高岸冲击。　③ 沟洫(xù)：田间的水渠。　④ 下户：贫民。京囷(qūn)：粮仓，京为方形，囷为圆形。　⑤ 肉食：经常吃肉的人，代指官吏。自嗟：自叹。　⑥ 忧国愿年丰：出自杜甫《吾宗》诗：“在家常早起，忧国愿年丰。”说明作者以杜甫为榜样，忧国忧民。

翻译

在灵场上奔走还不见功效，
车来马往道路已经不通。
风卷乱云更加阴暗浓密，
水冲高岸气势尤为豪雄。
平时的沟渠今多废坏，
百姓的粮仓早已空空。
我自叹做官食禄用什么报效，
古人忧国只愿年丰。

午枕[①]

这首七律抒发对自然界及世事变迁的愁绪，诗中充满了哲理性的思考。中间两联于写景中寓深刻的哲理。颔联以野草的花开花落，鸣鸠的相乳相酬说明顺势发展、新陈代谢是自然界的客观规律。颈联则由自然界转入人类社会，揭示出陈旧事物一定会被新生事物取代的道理，表现出作者能以发展的眼光看待世上事物。这首诗将强烈的诗情与深刻的哲理融于一炉，引人深思，启人心智。

① 午枕：李壁《王荆文公诗笺注》注云："此诗必访一处吊古而有作，题乃云'午枕'，未详。"可参考。

百年春梦去悠悠[①]，　　不复吹箫向此留[②]。
野草自花还自落，　　鸣鸠相乳亦相酬[③]。
旧蹊埋没开新径[④]，　　朱户欹斜见画楼[⑤]。
欲把一杯无伴侣，　　眼看兴废使人愁[⑥]。

---

① 春梦：春日之梦，常用来喻世事无常，繁华易逝。悠悠：久远，无穷尽。　② 吹箫：据刘向《列仙传》载：春秋时箫史娶秦穆公之女弄玉，

教弄玉吹箫引凤，后二人随凤凰成仙而去。这里用此典泛指神仙道术。 ③ 鸣鸠：鸣叫着的斑鸠。相乳亦相酬：互相哺养又互相报谢。乳：这里用作动词，指母鸠喂养幼鸠。 ④ 蹊（xī）：小路。 ⑤ 朱户：指华丽的宅第。攲（qī）斜：倾斜，这里有斜塌毁坏的意思。⑥ 兴废：指自然界的新陈代谢，亦指世间人事的变化。

翻译

百年的春梦逝去悠悠，
不再学箫史吹箫在这里停留。
野草自己开花又自己谢落，
鸣鸠互相哺养又互相报酬。
旧路埋没了又开新径，
朱户倾塌了又建画楼。
我想举杯畅饮却没有伙伴，
眼看着世间兴废使人生愁。

读史

这首诗作于晚年退居钟山后，诗中表达了作者对史籍的一些看法，他认为“糟粕所传非粹美”，历史上的许多记载是被歪曲了的，许多历史人物长期受到诬罔，得不到正确的历史评价。基于此种认识，作者在研读古书时，不拘泥于记载，而能独立思考。他的一系列咏史诗，对古人及史事都提出了自己的见解，表现了一位政治家敏锐的思想和大胆的批判精神。诗中也包含了对自己被误解、歪曲或诬陷的感受。诗的开端便感叹“自古功名亦苦辛，行藏终欲付何人”，古人如此，自己又何尝不是这样。

自古功名亦苦辛，　行藏终欲付何人①？
当时黯黮犹承误②，　末俗纷纭更乱真③。
糟粕所传非粹美④，　丹青难写是精神⑤。
区区岂尽高贤意⑥，　独守千秋纸上尘⑦。

---

① 行藏：出处，行止。语出《论语·述而》：“用之则行，舍之则藏。”意谓出仕便要推行所学之道，退隐便藏道以等待时机，后用行藏来指

出处，行止，这里指一生经历。 ② 当时：指生前。黯黮（dǎn）：昏暗不明。 ③ 末俗：后世。纷纭：杂乱。 ④ 糟粕：酒渣，用以指粗劣的事物，与精华相对。粹美：精纯美好之物，精华。 ⑤ 丹青：本为图画颜料，代指图画。写：绘。 ⑥ 区区：细小。高贤：高尚的贤人。⑦ 千秋：泛指时间久远。纸上尘：落满灰尘的典籍，这里指不真实的历史材料。

翻译

自古求功名都要付出苦辛，
一生的行事最终交给何人评说？
生前是非不明承受着误解，
后世更众说纷纭以假乱真。
史籍所传的多为糟粕并非精华，
丹青最难写的是精神。
琐细的记载岂都是贤者本意，
千年来独自守着纸上的灰尘。

南浦

这是一首情味隽永的写景抒情小品。只用二十个字，就展现了一幅明丽疏朗而又惝恍迷离的图画。首句将流水与花并写使人联想到落花流水的闲雅流荡，随花荡舟给了诗人无限的美的享受，归途迷路说明这美景使诗人深深陶醉了。暗香无处寻觅包含着诗人对花的深情留恋，其中也露出几分遗憾，正在诗人怅惘之际，大自然又在他面前展开了更美的画面——日落画桥西。整首诗充满了诗情画意，荡漾着清音雅韵，“真可使人一唱而三叹也”（胡仔《苕溪渔隐丛话》）。

南浦随花去，回舟路已迷。
暗香无觅处，日落画桥西。

翻译

在南浦荡舟随着花丛前去，
回来时归路已迷。
那阵阵幽香无处寻觅，
太阳落下在画桥之西。

梅花

这是一首著名的咏梅诗。据惠洪《冷斋夜话》记："荆公尝访一高士不遇，题其壁。"可知此诗的创作缘由。首二句先咏梅之精神。次二句咏梅之形态素质，是从《古乐府》句"只言花似雪，不悟有香来"脱胎而来，作者反其意用之，使呆板直露的诗意增色生辉，高妙处在于不直写"花似雪"，而反说"不是雪"，突出了暗香袭人的梅的内在品格。

墙角数枝梅，凌寒独自开①。

遥知不是雪，为有暗香来②。

① 凌寒：冒着严寒。　② 暗香：幽香。

翻译

墙角下有着几枝梅，

冒着严寒独自开。

远远望去知道不是雪，

因为有阵阵幽香飘来。

题西太一宫壁二首[①]（其一）

王安石的绝句脍炙人口，五绝、七绝中有不少名篇，题在汴京西太一宫壁上的两首六言绝句同样出色，在当时已广为传诵，苏轼、黄庭坚都有和作，这里选译一首。这首诗以清丽的语言，明快的色调，描绘了胜似江南的北国风光。首二句突出夏日荷柳的特点；后二句特写春水，抒发了对秀丽的江南的无限思念之情。全诗写景细腻，抒情婉约，是宋人六言诗中不多见的佳作。

① 西太一宫：太一，神名，也作“泰一”，天帝的别称。宋代有东、西两个太一宫，西太一宫在汴京西南的八角镇。

柳叶鸣蜩绿暗[①]，荷花落日红酣[②]。

三十六陂春水[③]，白头想见江南。

---

① 蜩（tiáo）：蝉。 ② 酣（hān）：浓、盛。 ③ 三十六陂（bēi）：池塘名，在汴京郊外。另外扬州也有三十六陂，故引起作者“想见江南”。春水：此时写夏景，此处春水乃形容水之清澈。

翻译

蝉在柳叶中鸣唱绿荫更显幽暗，
落日映照的荷花越见红艳。
这三十六陂春水，
使白头的我仿佛见到了江南。

元日[1]

这首诗作于熙宁年间，诗中描写了人们欢度新春佳节的喜庆情景，表现了作者对新法推行的喜悦心情以及对美好前景充满了信心。“总把新桃换旧符”不仅是描写元旦习俗，主要体现了作者除旧布新的进步思想，历史总是不断前进的，旧事物一定会被新生事物取代，变革必然要战胜因循守旧。

① 元日：元旦，正月初一。宋吴自牧《梦粱录》：“正月朔日，谓之元旦，俗称为新年。”

爆竹声中一岁除[1]，　春风送暖入屠苏[2]。
千门万户曈曈日[3]，　总把新桃换旧符[4]。

---

① 除：尽，过完。　② 屠苏：屠苏酒，旧时风俗，旧历除夕用屠苏草泡酒，元旦全家饮用，据说可以去瘟疫。　③ 曈曈(tóng)：阳光灿烂的样子。　④ 新桃换旧符：用新桃符换掉旧桃符。桃符：古代风俗，春节时家家用两块桃木板画上神荼、郁垒两个神像，挂在门上，用以压邪驱鬼，叫作桃符。

翻译

爆竹声中辞去了旧岁，
春风把温暖送进了美酒屠苏。
灿烂的阳光普照着千家万户，
总把新桃符换掉了旧桃符。

杖藜[1]

此诗作于诗人罢相归钟山之后，表现了诗人退隐后并未完全忘却国事，他在闲适中时时牵念着朝政是非。诗的前二句渲染退隐后的闲适；后二句描绘诗人在梦中都念念不忘变法的遭遇与前途。关于这首诗的创作，《蔡宽夫诗话》载："荆公居钟山，一日昼寝，梦有服古衣冠相过者，貌甚伟，曰：'我桀也。'与公论治道，反复百余语，不相下。公既觉，犹汗流被体。因笑语客曰：'吾习气尚若是乎？'乃作小诗识之。"可备参考。

① 杖：扶，拄，作动词用。藜：藜的老茎制的拐杖。藜，一种植物，茎老可作杖。

杖藜随水转东冈，　兴罢还来赴一床。

尧桀是非犹入梦[1]，　因知余习未全忘[2]。

---

① 尧桀：尧是古代传说中的贤明君主，桀是夏朝的最后一个君主，暴君的典型，古代常用尧、桀作为好、坏君主的代表。犹：还。　② 余习：指自己经常关心的朝政大事。

翻译

我拄着拐杖沿小河绕过东冈，
兴尽归来便休息在床。
尧与桀的是非还在梦中出现，
才知道我的积习未全遗忘。

南浦

作者集中题为《南浦》的诗有两首，虽然都是写南浦美丽的自然风光，但却是两种写法，两种意境。这首七绝写早春二月的南浦，格调清新自然，淡淡几笔便把人带进骀荡的春光中去。“撩”字用得警妙，写出了江南春色的魅力，它给了诗人创作的激情和灵感。“含风”二句是作者的得意之笔也一向为人所称道，首先是因为“用事琢句，妙在言其用而不言其名”（惠洪《冷斋夜话》）。以“鸭绿”代绿水，以“鹅黄”代初春的杨柳，形象更加生动，色调更加明丽。还因为这二句对偶精严而自然流畅，使人不觉得其为对句。叶梦得《石林诗话》评论这两句诗：“意与言会，言随意遣，浑然天成，殆不见有牵率排比处。”可谓确评。

南浦东冈二月时，　物华撩我有新诗[①]。
含风鸭绿粼粼起[②]，　弄日鹅黄袅袅垂[③]。

---

① 物华：此指自然界的美好风物。撩：撩拨，激发。　② 鸭绿：深绿色，此处代指绿色的水面。粼粼：水清澈的样子。　③ 鹅黄：嫩黄

色，此代指刚发芽的杨柳。袅袅(niǎo)：摇荡不定的样子。

翻译

南浦东风正当二月之时，
美丽的大自然撩动我写下新诗。
鸭绿色的水波被风吹得粼粼皱起，
鹅黄色的柳条在日光下袅袅低垂。

木末[①]

这首绝句描写了钟山附近的田野风光。首二句状山与水,作者描绘钟山周围山水景致的诗作颇多,此处用工整的对句描写山姿水态使常中见新。后二句仍用对句,描写了农事的繁忙和农作物的生长,更是工致凝练。显示出作者深厚的语言功力。

① 木末:树梢。

木末北山烟冉冉[①],　草根南涧水泠泠[②]。
缲成白雪桑重绿[③],　割尽黄云稻正青[④]。

---

① 北山:即钟山。冉冉(rǎn):渐渐上升的样子。　② 草根:代指嫩草,与木末对仗。南涧:作者有《南涧楼》《再题南涧楼》诗,南涧楼在金陵城南八里,为当时"江宁尉司"所在地,当因临南涧而名。涧:夹在两山间的流水。泠泠(líng):形容水清凉,水声清越。③ 白雪:形容洁白的蚕丝。　④ 黄云:形容大片的成熟的稻子。

翻译

树梢上看到北山烟雾冉冉，

南涧的草根边涧水泠泠。

缫完了白雪般的蚕丝桑树还重绿，

收割完黄云似的早稻晚稻又青青。

送和甫至龙安微雨因寄吴氏女子[1]

作者在江边送别弟弟王安礼，天下起了蒙蒙细雨，凄凉的烟雨触发诗人忆起了送别女儿的情景，不禁泪洒衣襟，这是多么深厚的父女之情！吴氏女子是作者的长女，《冷斋夜话》记载她“工诗多佳句”，王安石集中有多首写给她的诗，可见父女感情之笃厚。王安石对其他子女的情感亦如此，小女儿生于鄞县，不幸一岁夭折，父亲为她作《鄞女墓志铭》，并写有《别鄞女》诗。王安石是一位有着丰富情感的人，却遭到了种种人身攻击，甚至有人说他“狠戾之性，见于其诗文”，“无一天性语”（见王士禛《香祖笔记》）。作者诗中表现出的深厚、诚挚的感情使这些偏见不攻自破。

① 和甫：王安石的六弟王安礼，字和甫。龙安：龙安津，在江宁城西二十里。吴氏女子：王安石的长女，嫁宝文阁待制吴安持，封蓬莱县君。

荒烟凉雨助人悲，　泪染衣襟不自知。

除却东风沙际绿[1]，　一如看汝过江时[2]。

① 沙际：沙岸边。 ② 一如：一切都像。

翻译

荒烟凉雨更使人生悲，
泪水已沾湿衣襟还不自知。
除了东风已吹绿沙岸的树木，
一切都像我送你过江之时。

谢公墩二首[①]（其一）

这首诗充满了谐趣。半山园附近曾有在淝水之战中打败苻坚的东晋名相谢安的宅第遗址，如今谢家的庄园别馆已荡然无存，只留下了一块平常的土堆——谢公墩。面对它，诗人竟和七百年前的古人开起了玩笑，语言诙谐、幽默，可看出作者性格中乐观、豁达的一面。这首诗曾被反对变法的人当作攻击王安石的把柄："或云，介甫性好与人争，在庙堂与诸公争新法，归山林则与谢安争墩。"（胡仔《苕溪渔隐丛话》）这种说法自然毫无道理。

① 谢公墩（dūn）：在作者寓居的半山园附近，这里曾为东晋著名政治家、军事家谢安所居之地。谢公：指谢安。墩：土堆。

我名公字偶相同[①]，　我屋公墩在眼中[②]。

公去我来墩属我，　不应墩姓尚随公。

---

①"我名"句：谢安，字安石，故云。　②"我屋"句：意思是我的住所和谢公墩相隔很近，一眼便可望见。

翻译

我的名和公的字偶然相同，
从我的屋看公的墩尽在眼中。
公去我来这墩已归我所有，
不应该墩的姓仍旧随你谢公。

北陂杏花

这首咏杏名作写于晚年退居钟山之时。与前面所选的《杏花》一诗同样将花与影同咏,首二句写杏花的妖娆风姿:娇丽而脱俗的杏花临水而开,水中花影与岸上鲜花各领风骚,各占春色,共同把春天点缀得更加烂漫。后二句托物言志,以杏花高洁的气骨喻自身坚持操守不随流俗的怀抱。杏花宁愿在寂寞中作飘飘洒落的白雪;而不愿在熙熙攘攘的路上被碾成尘土,这正是作者晚年人格的写照,所以《宋诗精华录》中说此诗“末二语恰是自己身份”。

一陂春水绕花身①,花影妖娆各占春②。
纵被春风吹作雪③,绝胜南陌碾成尘④。

---

① 陂(bēi):池塘。 ② 妖娆:娇媚的样子。各占春:各自都显示出浓郁的春色。 ③ 纵:纵然,即使。 ④ 绝胜:远远超过。南陌:南面的道路,这里泛指繁华的道路。碾:压碎。

翻译

一池春水环绕着花身，
花与影都妖娆各自占春。
纵然被春风吹落作雪，
也远胜过在南陌被碾成尘。

北山[1]

王安石有多首绝句写卜居钟山的感受，每首各尽其妙，绝不雷同。此诗首先状山中之水，山水流下注入池塘本为常景，但用“输绿”二字，境界便不一般，钟山无私地把碧水输送给池塘，其深情厚谊了然可见，与“两山排闼送青来”(《书湖阴先生壁》)之“送青”异曲同工。后二句转写自己悠闲的情怀，“细数落花”与“缓寻芳草”两个细节，真实地写出孤独寂寞百无聊赖的诗人，只有在大自然中找寻精神寄托并消磨时光，在平静的语言中流露出一丝无可奈何。

① 北山：即钟山。

北山输绿涨横陂[1]，　直堑回塘滟滟时[2]。
细数落花因坐久，　缓寻芳草得归迟。

---

① 输：输送。绿：绿水，此指碧绿的山中水。　② 直堑(qiàn)：笔直的沟渠。堑：护城河、壕沟，这里指水渠、沟渠。回塘：环曲的池塘。滟滟(yàn)：水光波动的样子。

翻译

北山送来的绿水涨满了湖池，
水波荡漾在曲塘直渠。
我细数着落花坐了好久，
慢慢地寻觅芳草归来已迟。

悟真院[1]

作者晚年隐居的钟山处处有清幽的胜景，此诗描写的悟真院，又是一个绝好的去处。这里不但青山环绕，而且绿水纵横，故先从环绕山寺的条条溪水说起，着一“漱”字，境界则不一般：绿水洗涤着山寺的台阶，无情之水变得多情知意，山寺也更加清洁明亮。小鸟的欢叫惊醒了诗人的好梦，睁开睡眼的诗人向窗外一望，春风吹来了青草的阵阵芬芳，茂密的芳草遮盖了山间的条条小路。这两句诗从唐人薛存诚“积草渐无径”句脱胎而来，但意境却深邃得多，薛诗仅只状写了草的茂盛，而王安石歌颂了春风、春草的强大生命力，从而展现春天的勃勃生机，作者对春天的热爱之情也洋溢其中。

① 悟真院：又名悟真庵，在钟山之东。

野水纵横漱屋除[1]，　　午窗残梦鸟相呼[2]。

春风日日吹香草，　　山北山南路欲无。

---

① 野水：山野中的流水。漱：洗涤，冲刷。屋除：房屋的台阶。 ② 残梦：将醒的梦。

翻译

野水纵横冲洗着山寺的阶除，

午觉梦醒窗外鸟儿在唤呼。

春风天天吹拂着香草，

山北山南草长得小路将无。

书湖阴先生壁二首[1]（其一）

这首诗题于作者在钟山的邻居、友人杨德逢家的墙壁上。首二句朴实无华地写出杨家院落的洁净幽雅，以及主人公的闲适自得。后二句转写院落周围的景色，是千古传诵的名句。“护田”“排闼”二词都出自《汉书》，即以“史对史”，以“汉人语对汉人语”（叶梦得《石林诗话》）。但用得自然，使人不觉得在使事用典，可谓达到了“水中着盐，不露痕迹”的境界。

① 湖阴先生：姓杨名骥，字德逢，作者在钟山的邻居，隐居乐道，耕种自给，与王安石诗歌赠答，过从甚密。

茅檐长扫静无苔[1]，花木成畦手自栽。

一水护田将绿绕[2]，两山排闼送青来[3]。

---

① 静：通“净”。 ② 护田：语出《汉书·西域传》：“轮台、渠犁，皆有田卒数百人，置使者校尉领护。”颜师古注云：“统领保护营田之事也。” ③ 排闼（tà）：推开门。闼：门。语出《汉书·樊哙传》：“哙乃排闼直入。”

翻译

茅屋檐下经常打扫明净得不见青苔，

成畦花木是先生亲手培栽。

一道水护着农田像是用绿色环绕，

两座山推开院门将青翠送来。

泊船瓜洲[①]

神宗熙宁元年(1068)春,王安石以翰林学士奉召入朝,此前自仁宗嘉祐八年(1063)八月王安石辞官返江宁服母丧之后,终英宗之世,始终未出仕。神宗继位之后,立意改革,王安石考虑到神宗年轻有为,也将改革的希望寄托于神宗身上,因而欣然就道。此诗即作于离江宁北上赴京,途经瓜洲之时。作者十七岁时,随通判江宁的父亲定居于此,而后,父母均葬于江宁,这里便成为他的第二故乡。作者泊船瓜洲,深情地回望钟山,表现了对钟山的依依不舍之情,流露出对前途未卜的隐忧。果然,九年之后,在反对变法的政治势力的逼迫下,作者自请去职,永远回到了钟山。此诗以精湛的艺术造诣为人广泛传咏,“春风自绿江南岸”句,成为锤炼诗句的典型范例。据洪迈《客斋续笔》卷八载:“吴中士人家藏其草,初云‘又到江南岸’。圈去‘到’字,注曰‘不好’,改为‘过’。复圈去而改为‘入’。旋改为‘满’。凡如是十许字,始定为‘绿’。”足见作者一丝不苟的创作态度和高超的锤炼功力。

① 瓜洲:在今江苏邗江南,大运河入长江处,为著名古渡口。

京口瓜洲一水间[①],钟山只隔数重山[②]。

春风自绿江南岸[3]，明月何时照我还。

---

① 京口：今江苏镇江，与瓜州隔江相望。 ② 钟山：又名北山、紫金山，在南京东北，王安石晚年退隐于此。 ③ 自：自然而然。李壁《王荆文公诗笺注》、《王文公文集》《临川集》作“自”，洪迈《容斋续笔》作“又”。

翻译

京口和瓜洲有一水相间，

与钟山只隔着几重青山。

春风自然地吹绿了江南岸，

明月何时再照耀我归还。

钟山即事

这首即事诗写钟山的幽静，把人们带进一个无声的静美的世界。作者围绕着“无声”来写景，“弄”字下得极好。古典诗歌中常用这“弄”字，“青丝娇落日，缃绮弄春风”（刘希夷《采桑》）。“新茁畦蔬经宿雨，半开篱槿弄斜辉”（陆游《西邻亦新葺所居复与儿曹过之》）。“弄”字都有异曲同工之妙。这首诗的点睛之笔在最后一句，将南朝梁人王籍的名句“鸟鸣山更幽”稍加二字，反其意用之，引起了一些评论家的非议，黄庭坚说：“此点金成铁手也。”（冯梦龙《古今谭概》）清代顾嗣立说：“王半山改王文海（王籍字文海）‘鸟鸣山更幽’句为‘一鸟不鸣山更幽’真死句矣。”（《寒厅诗话》）这种立论过于偏执，这句诗正表现出诗人不沿袭古人而写自己的真实感受的独创精神。

涧水无声绕竹流，竹西花草弄春柔。
茅檐相对坐终日，一鸟不鸣山更幽。

翻译

涧水无声地绕着竹林流，
竹西的花草把春天撩拨得更加温柔。
茅屋檐下我面对钟山坐了一整天，
鸟不叫一声山更清幽。

江上

这首诗写傍晚大江雨后的秋景。全诗从大处落墨，泼洒出烟雾迷茫的秋江晚景。首二句描绘雨后江天的气象特征；三四两句转写江岸回环的青山和远方驶来的帆影，深含哲理，启迪人们：事物总在发展变化之中，不要被眼前暂时的困难所阻，光明就在前面。

江北秋阴一半开[①]**，　　晚云含雨却低徊。**
青山缭绕疑无路，　　忽见千帆隐映来[②]**。**

① 秋阴：秋天的阴云。　② 隐映：忽隐忽现。

翻译

江北的秋阴已有一半散开，
傍晚的云朵含着雨意仍在低徊。
青山缭绕好像没有去路，
忽然看见千帆时隐时现前来。

题张司业诗[1]

中唐诗人张籍用乐府古题或自创新题创作了大量乐府诗，在当时便有盛名，他的好友白居易曾称赞他："张君何为者，业文三十春。尤工乐府诗，举代少其伦。"(《读张籍古乐府》)他的乐府诗作体现了白居易"文章合为时而著，歌诗合为事而作"的文艺主张，反映社会现实，同情人民疾苦成为重要的主题。王安石在此诗中盛赞张籍的乐府，表达了自己进步的文艺观。后二句是对张籍创作过程的总结，同时也是王安石自己创作甘苦的体验，揭示了文艺创作的规律，所以这两句诗经常为文艺评论家所引用。

① 张司业：唐代诗人张籍，字文昌，曾任国子司业，故世称张司业。其诗作多反映当时的社会现实，有《张司业集》。

苏州司业诗名老[1]，乐府皆言妙入神[2]。
看似寻常最奇崛[3]，成如容易却艰辛。

---

① 苏州司业：张籍原籍苏州。诗名老：久有诗名。 ② 乐府：一种诗歌体裁，本指由乐府机关采集可入乐的诗歌，这里指用乐府古题

或另创新题所创作的反映社会现实的诗作。 ③ 奇崛(jué):奇异,突出。

翻译

苏州司业的诗歌久负盛名,
人人称赞他的乐府高妙入神。
看似寻常实际最奇崛,
写成好像容易却饱含艰辛。

夜直[①]

王安石于英宗治平四年(1067)为翰林学士,神宗熙宁元年(1068)四月奉诏进京越次入对,可知此诗作于是年。这首诗抒写作者在学士院值夜时对春夜的细微的感受。

① 夜直:值夜班。直:通"值"。当时制度,翰林学士每夜一人轮流值班,在学士院里住宿。

金炉香尽漏声残[①],翦翦轻风阵阵寒[②]。
春色恼人眠不得[③],月移花影上栏干。

---

① 金炉:铜香炉,古代熏香器具。漏:滴漏,古代滴水计时的器具。 ② 翦翦(jiǎn):形容风轻且带寒意。 ③"春色"句:出自唐代罗隐《春日叶秀才曲江》句:"春色恼人遮不得。"恼人:撩人,使人心烦。

翻译

金炉中的香已燃尽漏声也已残,

剪剪的轻风送来阵阵微寒。
这春色恼人使人眠不得，
月光把花影移上了栏干。

孟子[①]

这首诗高度赞扬了古代著名思想家孟子的文章及为人，并把这位一千多年前的古人作为精神上的知己。王安石在变法中，曾受到过种种攻击，他从不妥协退缩，对自己的事业始终坚信不疑。在研读古籍中，他从孟子身上找到了鼓舞力量，得到了精神支柱。此诗虽直抒胸臆，却写得往复回环，跌宕有致，代表了他咏史绝句的风格。

① 孟子：名轲，战国时邹（今山东邹城）人，我国古代著名思想家，是孔子以后儒家学派最有权威的代表人物。

沉魄浮魂不可招[①]，遗编一读想风标[②]。

何妨举世嫌迂阔[③]，故有斯人慰寂寥[④]！

---

① 沉魄浮魂：形容魂魄四处游动。招：招魂，古代一种迷信习俗。

② 风标：品格。 ③ 迂阔：不切合实际。王安石变法的反对派常常攻击他迂阔。 ④ 斯人：此人，这里指孟子。寂寥：寂寞孤独。

翻译

你的沉魄浮魂已不可寻招，

把你的遗著一读就想象你的风标。

何妨世上人都嫌我迂阔，

有了你就可慰我孤独寂寥！

促织[1]

这首诗借咏促织讥刺了那些只顾养尊处优，自己享乐而不顾百姓死活的官僚。促织本是普通昆虫，作者却从它的名称上联想到官僚向织女们敲骨吸髓的榨取，表现了作者对人民的同情和对贪官污吏的憎恶。此诗形象鲜明，联想新奇，隐喻恰当，讽刺力强。

① 促织：蟋蟀，因它的叫声像织布机的声音，仿佛在催人织布，故名。

金屏翠幔与秋宜[1]，得此年年醉不知[2]。

只向贫家促机杼[3]，几家能有一绚丝[4]。

---

① 金屏翠幔：一语双关，既指富人居室富丽的环境，又形容养蟋蟀的笼子如“金屏翠幔”。屏：屏风。幔：幔帐。与秋宜：和秋天特别适宜，秋天是蟋蟀最活跃的季节，故云。 ② 此：指“金屏翠幔”，优越的环境。 ③ 机杼(zhù)：织布机，这里代指织布。 ④ 一绚(qú)：一缕，形容丝很少。绚：量词，犹缕。

翻译

金屏风翠幔帐和秋天的季节最相宜，
年年沉醉在其中而不自知。
只会向穷人家催促机杼，
可几家还能存有一缕丝。

登飞来峰[1]

仁宗皇祐二年(1050)春，作者离知鄞县任赴京，经过会稽写下此诗，此时作者三十岁，正当意气风发，立志干一番事业的时候，诗的立意不在写飞来峰的景物，而写凭塔远望时的感受，表现了作者高瞻远瞩，不畏艰险，排除万难的远大志向。后面两句，语意双关，蕴含着登得越高，望得越远的哲理，带有议论的特色。同时以“浮云”喻官场中的奸邪势力，陆贾《新语·慎微》云：“故邪臣之蔽贤，犹浮云之障日。”这里暗用此典，所不同的是不仅仅是揭露现实，同时表现了一位政治家冲破邪恶势力的阻挡，立于不败之地的坚定信念。

① 飞来峰：在越州会稽(今浙江绍兴)。宋代诗人张伯玉《书应天寺壁》诗云：“一峰来海上，高塔起天心。”自注：“此山名飞来。”(见《会稽掇英集》)所写景物与此诗合，可证此峰在会稽。

飞来山上千寻塔[1]，　闻说鸡鸣见日升。
不畏浮云遮望眼，　自缘身在最高层[2]。

---

① 千寻：极言其高，古代八尺为一寻。　② 缘：因为。

翻译

飞来峰上千寻高的宝塔，
听说鸡鸣时可看见红日初升。
不怕浮云遮住我远望的视线，
是因为我置身于宝塔的最高层。

文

伤仲永

此文作于仁宗庆历三年(1043)作者二十三岁之时。文中描写天才少年方仲永由于父亲及乡人的庸俗愚昧,没有继续学习接受教育,最终成为一个平庸的人的事例,说明了学习、教育的重要性。即使是一位“神童”,也要不断学习,积累知识,才能保持聪颖的悟性;而对于资质一般的普通人,后天的学习教育则更为重要。作者采用了叙议结合的手法,用很短的篇幅,生动地揭示了这个有普遍意义的道理,结尾一段议论,逻辑性强,层层深入,很具有说服力。

金溪民方仲永[①],世隶耕[②]。仲永生五年,未尝识书具[③],忽啼求之。父异焉,借旁近与之[④],即书诗四句[⑤],并自为其名。其诗以养父母,收族为意[⑥],传一乡秀才观之。自是指物作诗立就,其文理皆有可观者[⑦]。邑人奇之[⑧],稍稍宾客其父[⑨],或以钱币乞之[⑩]。父利其然也[⑪],日扳仲永环谒于邑人[⑫],不使学。

余闻之也久,明道中[⑬],从先人还家[⑭],于舅

家见之，十二三矣。令作诗，不能称前时之闻[15]。又七年，还自扬州，复到舅家问焉。曰：“泯然众人矣[16]。”

王子曰[17]：仲永之通悟[18]，受之天也[19]。其受之天也，贤于材人远矣[20]。卒之为众人[21]，则其受于人者不至也[22]。彼其受之天也，如此其贤也，不受之人，且为众人；今夫不受之天[23]，固众人[24]，又不受之人，得为众人而已耶？

---

① 金溪：今江西金溪。 ② 隶：属于，这里可释为从事。 ③ 书具：文具。 ④ 旁近：旁边的近邻。 ⑤ 书：书写。 ⑥ 收族：供养同族的人。 ⑦ 文理：文采与内容。 ⑧ 邑人：同县的人。 ⑨ 稍稍：渐渐。宾客：在这里作动词，待以宾客之礼。 ⑩ 乞：给予。 ⑪ 利其然：贪图这样。利：此处作动词，贪图。其然：这样，即上文所说的那些利益。 ⑫ 扳（bān）：引，领。环谒：四处拜谒。 ⑬ 明道：宋仁宗的年号（1032—1033）。 ⑭ 从先人还家：此当指明道二年，王安石祖父卒，其父王益自韶州（今广东韶关）回家乡临川服丧，王安石随父回临川。先人：指王安石已故的父亲王益。 ⑮ 称（chèn）：符合。 ⑯ 泯（mǐn）然：消失的样子。 ⑰ 王子：王安石自称。 ⑱ 通悟：通达聪颖。 ⑲ 受之天：先天赋予的。 ⑳ 材人：指受了教育而成才的人。 ㉑ 卒：最终。 ㉒ 受于人：受到人的教育。不至：不够，没有达到。 ㉓ 夫：语助词，无义。 ㉔ 固：本来。

翻译

金溪有个平民叫方仲永，世世代代从事耕作。仲永五岁时，还不认识文具，（有一天）忽然哭起来要文具。他父亲感到奇怪，就向近邻借来给他，他马上写了四句诗，并且自己取了个名字。诗的内容是奉养父母、供养族人，传出去后，一乡的秀才都看到了。从此，随便指某物让他作诗，他立刻就能作成，诗的文采义理都有可读之处。县里的人认为他非同寻常，渐渐都以宾客之礼款待他父亲，或者给他钱财。他父亲贪图这些利益，每天带着仲永到处拜访乡里人，不让他学习。

很久以前，我就听到这件事，明道年间，我跟随父亲回家乡，在舅父家见过他，那时他十二三岁了。让他作诗，和以前听说的已不能相称。又过了七年，我从扬州回家乡，又到舅父家，其间问及仲永的情况，回答说："他已和普通人没有什么不同了。"

我觉得：仲永的通达聪颖，是先天给予的。其天赋比一般后天培养成材的人好得多了。之所以最终成为普通的人，是因为他后天没受到应有的教育。他有天赋，悟性这么高，而后天一旦得不到教育，尚且要成为普通人；现在一般人没有天赋，本来就是普通人；后天又不受教育，难道能成为一个合格的普通人吗？

同学一首别子固

这篇短文是王安石写给著名文学家曾巩的赠别文章，作于仁宗庆历三年(1043)。文章的主旨在结尾处点出："作《同学一首别子固》，以相警，且相慰云。"相互警策勉励，同时寄托相思之情。赠别序文是古代抒情散文的大宗，自韩、柳以来，名篇甚多，要想另辟蹊径，立意是关键。立意高是本篇最大特色。作者与曾巩的友谊建立于志同道合的基础上，绝然不同于世俗之交，文中没有回顾二人交往经历，而着重赞扬曾巩、孙侔效法圣人，履行正道，超凡拔俗的高尚情操，叙说自己见贤思齐的仰慕之情。从中表现出作者择友的标准，也流露出与曾巩的真挚情谊，语淡意醇，耐人回味。在修辞方面，运用排比手法。如开头几句，以整齐的排比句写曾、孙二贤。第二段的排比句稍有变化，文章显得既整饬又灵活。这种写法是为了说明贤德之士，不必同师，只要效法圣人，便能殊途同归，从而突出了君子同道而合的主题。

江之南有贤人焉①，字子固②，非今所谓贤人者，予慕而友之。淮之南有贤人焉，字正之③，非今所谓贤人者，予慕而友之。二贤人者，足未尝

相过也[4]，口未尝相语也，辞币未尝相接也[5]。其师若友[6]，岂尽同哉？予考其言行，其不相似者，何其少也！曰：学圣人而已矣。学圣人，则其师若友，必学圣人者。圣人之言行，岂有二哉？其相似也适然[7]。

予在淮南，为正之道子固，正之不予疑也。还江南，为子固道正之，子固亦以为然。予又知所谓贤人者，既相似又相信不疑也。

子固作《怀友》一首遗予[8]，其大略欲相扳[9]，以至乎中庸而后已[10]。正之盖亦尝云尔。夫安驱徐行，轥中庸之庭而造于其堂[11]，舍二贤人者而谁哉？予昔非敢自必其有至也[12]，亦愿从事于左右焉尔，辅而进之其可也。

噫！官有守[13]，私有系[14]，会合不可以常也。作《同学一首别子固》，以相警，且相慰云[15]。

---

① 江之南：长江以南。曾巩是南丰人，今属江西。 ② 子固：曾巩的字。 ③ 正之：孙侔的字。孙侔是王安石的朋友。 ④ 过：过往，拜访。 ⑤ 辞：指书信来往。币：缯帛，古人常以此作为见面礼物。 ⑥ 若：连词，和。 ⑦ 适然：当然，正是如此。 ⑧ 遗（wèi）：赠给。 ⑨ 扳（bān）：引，领。 ⑩ 中庸：儒家倡导的处事原则，要

求中和适度，不偏不倚。 ⑪ 辚(lìn)：车轮，名词动用，经过。造：到达。《论语·先进》："由也升堂矣，未入于室也。"这里化用"升堂入室"成语，说曾、孙二人效法圣人，学养、道德高深。 ⑫ 自必：自己确信。有至：达到一定目标。 ⑬ 守：职守，公务。 ⑭ 系：牵制，约束。 ⑮ 云：语气词，表示文章结束。

翻译

长江以南有位贤人，表字子固，不是如今人们所说的那种贤人，我仰慕他，与他交上朋友。淮河以南有位贤人，表字正之，不是如今人们所说的那种贤人，我仰慕他，与他交上朋友。这两位贤人，不曾互相来往，不曾一起交谈，也不曾互通书信、互赠礼物。他们的老师和朋友，难道完全相同吗？我考察他们的言语行为，彼此不同之处，是多么少啊！这就是说：他们都在学习圣人而已。学习圣人，那么他们的老师和朋友，也一定是学习圣人的。圣人的言语行为，难道会不同吗？他们彼此相似，就是理所当然的了。

我在淮南，向正之说起子固，正之不怀疑我说的话。回到江南，向子固说起正之，子固也认为我的话不错。我从中又懂得了：真正的贤人，总是彼此既相似，又彼此信任不疑。

子固写了一篇《怀友》赠送给我，大致意思是希望互相提挈，最终达到中庸之道的思想境界。正之也曾经说过这样的话。安稳地驾着车子，从容舒缓地前行，经过中庸门庭而进入堂室，除了这两位贤人还会有谁呢？以前我不敢自信能够达到中庸的境界，只是愿意追随他们身旁效法学习而已，能够得到他们帮助，朝中庸之道前进也就满足了。

唉，官职都有一定公务，个人又有私事缠身，朋友之间的聚会是不能经常的。写下这篇《同学一首别子固》，以此互相勉励，并且互相劝慰。

上人书

此文约作于仁宗庆历五年(1045)。在这封书信里,作者表述了自己鲜明的文学观。在文学与现实的关系方面,作者认为文章是推行政治教化的工具。“所谓文者,务为有补于世而已。”以此为标准,只有有补于世的文章才是好文章。“有补于世”就是指文章要为社会现实服务,要有益于世道,这便强调了文章的社会实用功能。在思想内容与艺术形式的关系方面,作者巧用比喻:“所谓辞者,犹器之有刻镂绘画也。”并说:“要之,以适用为本,以刻镂绘画为之容而已。”简明地阐述了内容和形式的主从关系,内容应放在首位,重于形式,但也不能没有形式,这便肯定了艺术技巧必须服从形式,但也不能只重内容。但本文把文章的作用仅仅局限于礼教、政治,说明了作者的局限性。此文观点鲜明,行文简要,开头便开门见山,阐明观点,然后纵横用笔,引述前人说法,加以批判;以器物作比喻生动新颖,又结合个人的作文经验,有力地论证了自己的观点。

尝谓文者,礼教、治政云尔[①]。其书诸策而传之人[②],大体归然而已[③]。而曰“言之不文,行之

不远”云者[4]，徒谓辞之不可以已也，非圣人作文之本意也。

自孔子之死久，韩子作[5]，望圣人于百千年中[6]，卓然也。独子厚名与韩并[7]。子厚非韩比也，然其文卒配韩以传，亦豪杰可畏者也。韩子尝语人以文矣，曰云云[8]，子厚亦曰云云。疑二子者，徒语人以其辞耳，作文之本意，不如是其已也[9]。

孟子曰："君子欲其自得之也；自得之则居之安；居之安则资之深；资之深则取诸左右逢其原[10]。"独谓孟子之云尔，非直施于文而已，然亦可托以为作文之本意。

且所谓文者，务为有补于世而已矣；所谓辞者，犹器之有刻镂绘画也[11]。诚使巧且华，不必适用；诚使适用，亦不必巧且华。要之，以适为本，以刻镂绘画为之容而已[12]。不适用，非所以为器也；不为之容，其亦若是乎？否也。然容亦未可已也，勿先之，其可也。

某学文久，数挟此说以自治[13]。始欲书之策而传之人，其试于事者，则有待矣。其为是非邪？未能定也。执事[14]，正人也，不阿其所好者[15]。书

杂文十篇献左右[16]，愿赐之教，使之是非有定焉！

---

① 礼教：礼制，教化。 ② 策：简策，这里指书本。 ③ 归然：归于这类。 ④“言之不文”两句：见于《左传》襄公二十五年。原文为：“言之不文，行而不远。”文：文采。行：流传。 ⑤ 韩子：韩愈。 ⑥ 望：继承道统。 ⑦ 子厚：柳宗元字子厚，与韩愈齐名，并称韩、柳。 ⑧ 云云：如此如此。 ⑨ 已：结束，罢了。 ⑩ 这段话出自《孟子·离娄下》。 ⑪ 刻镂绘画：金玉之器雕刻花纹，陶瓷之器描绘图画。 ⑫ 容：装饰，修饰。 ⑬ 治：要求，约束。 ⑭ 执事：古代书信中对收信人的尊称，表示不敢直指其人。 ⑮ 阿(ē)：奉承，附和。 ⑯ 左右：亦是对对方的尊称。

翻译

我曾经说过，文章是推行礼教、政治的工具。那些写在书策上在人群中传阅的文章，大体都属于这一类。古书上说“言语没有文采不加修饰，就不会流传很远”，这只是表明修辞技巧不可以不讲究，但这不是圣人写文章的本意。

自从孔子去世很久以后，韩愈出现了，他继承千百年前圣人的道统，是非常卓越的。只有柳宗元名声与韩愈并列，柳宗元虽然比不上韩愈，但他的文章终于跟韩愈的文章一起流传后世，也是值得敬重的豪杰。韩愈曾经告诉别人如何写文章，说是应该怎样怎样写，柳宗元也说怎样怎样写。我怀疑他们二人仅仅是教给人们修辞技巧而已，而写文章的本来目的，仅仅这样是不够的。

孟子说：“君子期望通过主观努力而学有心得；通过主观努力而学有心得，就能够牢固掌握；牢固掌握，就能够积累深厚；积累深厚，运用起来就能左右逢源。”孟子的这些话，不仅适用于写文章，而且也可以用来说明写文章的本来目的。

况且，所谓文章，务必做到有益于人世就行了；所谓的修辞技巧，就好像器皿上有雕刻的花纹，描绘的图画。器物精巧华丽，却不一定适用；而器物适用，也不一定华丽精巧。总而言之，器物以适用为根本，而以雕刻绘画为其容表修饰罢了。如果不适用，器物就不成其为器物了；而欠缺修饰，难道也是这样吗？不是的。然而，容表修饰也不可以不要，只是不能把它放在首要的位置上，就可以了。

我学习写文章已经很长时间了，经常以这些论点要求自己。先前就想写在书本上给人传阅，至于运用实践中的成效，便有待于将来了。这些观点究竟对还是错？我未能予以判定。阁下是正直人士，不会去奉承附和别人的喜好。我抄写杂文十篇送给您，希望能够赐教，使我能够判定它的是非。

芝阁记

陈君建芝阁收藏灵芝原不过是好奇之士的奇异之举罢了。王安石在为陈君题碑记时，却借题发挥，阐发出一番大道理来。真宗朝重符瑞，臣民争献芝草，以至于“芝出九州四海之间，盖几于尽矣”，真是一幅趋炎附势图，具有讽刺意味，生动说明了“上有所好，下必甚焉”的道理。作者比较真宗、仁宗二朝对芝草的不同态度，进一步感慨君王一时好恶，居然改变天下时尚，那么行古代圣王的正道，岂不可以使民风淳朴、国家大治吗？从中可见王安石改革政治的愿望在仁宗朝已经形成。作者又从芝草的遭遇推衍至人生境遇，士人的荣辱进退全凭时运而非才干，委婉讽刺了当时社会用人不公不明的现状。文章表现出作者思想深刻的特点，在写法上，一波三折，起伏跌宕，围绕芝草层层生发，又处处转折，时而叙事，时而感慨，确属小品文中的杰作。

祥符时[①]，封泰山[②]，以文天下之平[③]，四方以芝来告者万数[④]。其大吏[⑤]，则天子赐书以宠嘉之[⑥]；小吏若民[⑦]，辄赐金帛[⑧]。方是时，希世有力

之大臣[9]，穷搜而远采；山农野老[10]，攀援狙杙[11]，以上至不测之高，下至涧溪壑谷[12]。分崩裂绝，幽穷隐伏[13]，人迹之所不通，往往求焉，而芝出于九州四海之间，盖几于尽矣[14]。至今上即位[15]，谦让不德[16]，自大臣不敢言封禅[17]。诏有司[18]：以祥瑞告者[19]，皆勿纳。于是神奇之产，销藏委翳于蒿藜榛莽之间[20]，而山农野老，不复知其为瑞也。则知因一时之好恶，而能成天下之风俗，况于行先王之治哉？

太邱陈君[21]，学文而好奇。芝生于庭，能识其为芝。惜其可献而莫售也[22]，故阁于其居之东偏[23]，掇取而藏之[24]。盖其好奇如此。

噫！芝一也，或贵于天子，或贵于士，或辱于凡民。夫岂不以时乎哉[25]！士之有道，固不役志于贵贱[26]，而卒所以贵贱者[27]，何以异哉？此予之所以叹也。

皇祐五年十月日记[28]。

---

① 祥符：即大中祥符，宋真宗（赵恒）的年号（1008—1016）。 ② 封泰山：古代许多皇帝为表示天下太平，业绩辉煌，在泰山祭天，以告

成功。 ③ 文：用为动词，修饰，装饰。 ④ 芝：芝草，又称灵芝，菌类植物，可入药。古代认为是吉祥之物。 ⑤ 大吏：大官。 ⑥ 宠嘉：宠爱嘉奖。 ⑦ 若：连词，和。 ⑧ 辄（zhé）：就。金帛：金钱绢帛。 ⑨ 希世：迎合世俗。有力：有权力。 ⑩ 野老：乡村老农。 ⑪ 狙杙（jū yì）：山上猴子吊玩的树桩。狙：猴类。杙：小木桩。 ⑫ 壑（hè）：沟谷。 ⑬ 幽穷隐伏：指偏僻荒凉人迹罕至处。 ⑭ 几于：几乎，差不多。 ⑮ 今上：现在的皇帝，指宋仁宗赵祯。 ⑯ 不德：不以德行自诩。 ⑰ 封禅（shàn）：帝王祭天地的典礼。在泰山上筑土为坛，报天之功称封；在泰山下梁父山上辟场祭地，称禅。 ⑱ 诏：皇帝命令。有司：主管官吏或机关。 ⑲ 祥瑞：吉祥符瑞。古人认为出现珍奇之物如龙、凤、灵芝等是吉祥之兆。吉祥之物的出现，与人世感应，如合符节，就称符瑞。 ⑳ 委翳（yì）：丢弃遮蔽。蒿藜：蒿莱藜草，野草名。榛（zhēn）莽：树丛杂草。 ㉑ 太邱：地名，在今河南永城。陈君：生平不详。 ㉒ 售：卖出，此谓朝廷不接受。 ㉓ 阁：名词动用，建阁。 ㉔ 掇（duō）：采摘。 ㉕ 时：时机，命运。 ㉖ 役志：操心。 ㉗ 卒：最终。 ㉘ 皇祐五年：宋仁宗皇祐五年即公元 1053 年。

翻译

大中祥符年间，真宗皇帝登泰山举行封禅仪典，以此文饰天下太平，全国各地有上万人拿着灵芝来朝廷报告。其中的高级官吏，天子便赏赐书籍以示恩宠，嘉奖他们；低级官吏和普通百姓，便赏给金银布帛。当时,迎合世俗、掌握权力的大臣,派人到远方去采摘,尽力搜寻;山区农民、乡间老农攀援山上的树桩,登上高不可测的山崖,下到山涧峡谷深处。崩裂的山峰,断裂的地层,偏僻荒凉遥远隐蔽的地方,人迹罕至之处,往往都搜寻遍了。这样,九州四海所产的灵芝,几乎都被采摘尽了。到了当今皇上登上帝位,为人谦虚,不以德行自居,从大臣以下不敢再提封禅这件事了。皇帝命令有关官员:凡是奉献吉祥之物来报告的,一律不要接纳。于是一切神异珍奇之物,都被丢弃隐没在蒿莱野菜、树丛杂草之中,如今山区农民、乡下老农不再知道这些东西是什么吉祥物了。由此可知,皇帝一时的喜好或厌恶,能够影响天下形成风气,何况是推行古代圣王的政令与教化呢?

太邱人陈君,学习文章又爱搜寻珍奇之物。灵芝在他的庭院长出来,他能认出这是灵芝。因惋惜灵芝可以献上朝廷但朝廷不接受,于是在他住宅的东边建起一座楼阁,把采摘到的灵芝收藏起来。他喜爱珍奇之物到这样的地步。

唉!灵芝本来是一样的,但有的被天子所珍贵,有的被士人所珍贵,而有的却被普通百姓轻视辱没。这难道不是因为时运不同吗?具有道德修养的士人,固然不会将心思用在尊贵卑贱方面,但是最终还有尊贵和卑贱的差别,这同灵芝的遭遇有什么区别呢?这正是我要感叹的原因啊。

皇祐五年十月某日记。

游褒禅山记[①]

本文是王安石三十四岁时的作品，当时作者任舒州通判。文章名为游记，实为说理。记游的文字只占全文的小半，且目的仍在记述“入之愈深，其进愈难，而其见愈奇”这种现象，为说理议论作好铺垫。后半紧密联系游山所见、所思，正面说明以下的道理：世上“奇伟瑰怪”的景致与境界，常在既险又远的地方，必须有坚定的意志、足够的力量并加上外物的帮助，才能达到这种境界，领略这种景致。如果有力量到达目的地，却半途而废，别人就会讥刺，自己也会后悔；如果尽了自己的力量，即使不能到达目的地，自己也不会悔恨。作者以游山的经历，触发以上的议论，实际上抒发的是自己百折不挠、勇往直前的决心与勇气。作者在他的一生中正是以这种决心与勇气从政和治学的。文章将写景、抒情、叙事、议论交融在一起，说理透彻，详略得当，无枝词赘字，而语言又朴实无华，深得后人称赏。

① 褒（bāo）禅山：在今安徽含山北。

褒禅山亦谓之华山。唐浮图慧褒[①]，始舍于其

址[2]，而卒葬之。以故，其后名之曰褒禅[3]。今所谓慧空禅院者，褒之庐冢也[4]。距其院东五里，所谓华山洞者，以其乃华山之阳名之也[5]。距洞百余步，有碑仆道，其文漫灭[6]，独其为文犹可识曰“花山”。今言“华”如“华实”之“华”者，盖音谬也[7]。

其下平旷，有泉侧出，而记游者甚众[8]，所谓“前洞”也。由山以上五六里，有穴窈然[9]，入之甚寒，问其深，则其好游者不能穷也，谓之“后洞”。余与四人拥火以入[10]，入之愈深，其进愈难，而其见愈奇。有怠而欲出者，曰：“不出，火且尽[11]。”遂与之俱出。盖予所至，比好游者尚不能十一[12]，然视其左右，来而记之者已少。盖其又深，则其至又加少矣。方是时，余之力尚足以入，火尚足以明也。既其出，则或咎其欲出者[13]，而予亦悔其随之而不得极夫游之乐也[14]。

于是予有叹焉。古人之观于天地、山川、草木、虫鱼、鸟兽，往往有得，以其求思之深而无不在也[15]。夫夷以近[16]，则游者众；险以远，则至者少。而世之奇伟瑰怪非常之观[17]，常在于险远，而人之所罕至焉。故非有志者，不能至也。有志矣，不随以止也，然力不足者，亦不能至也。有志与力，而又不随以怠，至于幽暗昏惑，而无物以相之[18]，亦不能至也。然力足以至焉，于人为可讥，而在己为有悔。尽吾志也而不能至者，可以无悔矣，其孰能讥之乎？此予之所得也。

余于仆碑，又以悲夫古书之不存，后世之谬其传而莫能名者，何可胜道也哉！此所以学者不可以不深思而慎取之也。

四人者：庐陵萧君圭君玉[19]，长乐王回深父[20]，余弟安国平父、安上纯父[21]。

至和元年七月某日[22]，临川王某记[23]。

---

① 浮图：梵语（古印度语的一种）译音，又作佛陀、浮陀等，有佛、塔、和尚等意思，这里指和尚。 ② 舍：作动词用，居住。址：山脚下。③ 禅：梵语“禅那”的略语，原为佛教徒修行的一种方法，即坐而静思。后来有关佛教的人与事物也可称禅。褒禅即慧褒和尚的意思。④ 庐：房屋，这里指禅房。冢（zhǒng）：隆起的坟墓。 ⑤ 阳：山的南面、水的北面均称阳。 ⑥ 漫灭：剥蚀而模糊不清。 ⑦ 盖：大概。音谬：字音读错了。指“华”应读“花”音。 ⑧ 记游：题字留念。⑨ 窈（yǎo）然：幽深的样子。 ⑩ 拥火：带着火把。 ⑪ 且：将要。⑫ 不能十一：不及十分之一。 ⑬ 咎：责怪。其：那个。 ⑭ 极：

尽。 ⑮ 求思：探求思考。无不在：指思考问题周到，没有不留心的。 ⑯ 夷：平坦。 ⑰ 瑰怪：壮丽奇特。非常：异乎寻常。观：指景色。 ⑱ 相：辅助。 ⑲ 庐陵：今江西吉安。萧君圭君玉：君圭为名，君玉为字，生平不详。 ⑳ 长乐：今属福建。王回：字深父，宋代理学家，《宋史》有传。 ㉑ 安国平父：王安国，字平父，王安石的四弟，《宋史》有传。安上纯父：王安上，字纯父，王安石的七弟。㉒ 至和：宋仁宗年号，元年为公元1054年。 ㉓ 临川：今属江西。

翻译

褒禅山也叫作华山。唐代和尚慧褒开始在这山脚下建房居住，最后也埋葬在这里。因为这个缘故，后来人们就叫它“褒禅”。现在所谓的慧空禅院，就是当年慧褒的住房和死后的墓地。离这禅院东面五里，有个叫作华山洞的，就因为它在华山的南面而得名。距离华山洞一百余步的地方，有块石碑倒在路上，碑上的文字已经模糊不清了，只有残存的还可辨认的文字是“花山”。现在读“华”字为“华实”的“华”，可能是字音读错了。

山洞的下面平坦开阔，有一股泉水从侧壁流出来，洞壁上题字留念的人很多，这就是所谓“前洞”。沿着山路向上走五六里，有个幽深的洞穴，走进去十分寒冷，问它有多深，就是那些喜欢游玩的人也不能走到它的尽头，人们称它“后洞”。我和四位亲友拿着火把走进去，进洞越深，前进就越困难，但见到的景色就越奇妙。有位亲友走累了想要出去，说：“不出去，火把就快要烧完了。”于是大家和他一起走出山洞。大约我们所到达的地方，还不到那些喜欢游览的人所到的十分之一，但看看山洞左右两壁，来到这里并留名题字的已经很少了。恐怕更深的地方，到达的人就又更少了。当从洞里走出的时候，我的体力还足够往里走，火把也还足够照明。已经出洞之后，就有人埋怨那个提议出洞的人，而我也很后悔随着别人出来，不能尽享游览的乐趣。

对此我有些感慨了。古人观察天地、山川、草木、虫鱼、鸟兽，往往有所收获，这是因为他们探求思考得深刻而且全面。道路平坦而且距离较近的地方，游览的人就多；道路艰险而且距离较远的地方，游览的人就少。然而世上奇妙雄伟、壮丽奇特、异乎寻常的景色，常常在艰险而较远的地方，但人们却很少到那里去。所以不是有坚强意志的人，就不能到达。有意志，不跟随别人停止不前，但是体力不足的，也不能到达。有意志与力量，又不跟随别人怠惰，走到幽深昏暗看不清楚的地方，若没有外物的帮助，也是不能到达的。可是体力足以到达（却停止不前），别人就可以讥讽，而自己也会后悔。尽了自己的力量即使不能到达目的地，那就可以没有悔恨了，谁还能讥讽呢？这就是我的心得啊。

对于倒在路上的石碑，我也有所感叹，古代有些典籍没能保存下来，以致后世以讹传讹，不能弄清有关真相，这样的事情怎能说得完呢！这就是今天的学者不能不深思而且慎重地取舍的原因啊。

同游的四人是：庐陵人萧君圭，字君玉；长乐人王回，字深父；我的弟弟安国，字平父；安上，字纯父。

至和元年七月某日，临川王安石记。

上仁宗皇帝言事书（节选）

《上仁宗皇帝言事书》是王安石系统地阐述他的社会变革主张的奏章，写于王安石提点江东刑狱任满返京，尚未正式担任三司度支判官之前，约在嘉祐四年(1059)。《言事书》首先分析了北宋王朝在财政上“日益困穷”，政治上“日益衰坏”的困窘形势，指出造成这种局面的根本原因在于“不知法度”，大胆地提出了全面地“改易更革”的政治主张。王安石尖锐地指出，变法的关键“在于人才而已”。文章反复说明培养变法改革的人才的必要性及方法，即“教之、养之、取之、任之”。对现存的官僚制度，揭露其弊病所在，并建议改革教育、改革科举制度，使培养的学者能够“为天下国家之用”，成为变法的骨干力量。王安石也清醒地估计到变法将不会是一帆风顺的，一定会遭到守旧人物的反对。他主张对反对派要“先征诛”，以扫清改革的道路，他又劝谏仁宗皇帝要“虑之以谋，计之以数，为之以渐，勉之以成，断之以果”，既慎重又果断地进行变法。但是，王安石的这些变法主张未被仁宗采纳。九年以后，神宗赵顼登上帝位，王安石两次出任宰相，才把他在《上仁宗皇帝言事书》中的变法主张付诸实践。虽然变法因用人不当，操之过急而暴露出不少弊端，终于在守旧派的强烈反对下半途夭折，但变法反映了当时地主阶级中比较清醒、比较开明的人们改革国家政治经济的愿望与要求，对官僚大地主的特权利益也是一次打击。

臣愚不肖[①]，蒙恩备使一路[②]，今又蒙恩召还阙廷，有所任属[③]，而当以使事归报陛下[④]。不自知其无以称职，而敢缘使事之所及[⑤]，冒言天下之事，伏惟陛下详思而择其中[⑥]，幸甚。

臣窃观陛下有恭俭之德[⑦]，有聪明睿智之才[⑧]；夙兴夜寐[⑨]，无一日之懈；声色狗马[⑩]、观游玩好之事，无纤介之蔽[⑪]；而仁民爱物之意，孚于天下[⑫]；而又公选天下之所愿以为辅相者[⑬]，属之以事，而不贰于谗邪倾巧之臣[⑭]。此虽二帝、三王之用心[⑮]，不过如此而已，宜其家给人足[⑯]，天下大治。而效不至于此，顾内则不能无以社稷为忧[⑰]，外则不能无惧于夷狄[⑱]，天下之财力日以困穷，而风俗日以衰坏[⑲]，四方有志之士，諰諰然常恐天下之久不安[⑳]。此其故何也？患在不知法度故也[㉑]。

今朝廷法严令具，无所不有，而臣以谓无法度者，何哉？方今之法度，多不合乎先王之政故

也[22]。孟子曰："有仁心仁闻[23]，而泽不加于百姓者[24]，为政不法于先王之道故也[25]。"以孟子之说，观方今之失，正在于此而已。

夫以今之世，去先王之世远，所遭之变，所遇之势不一，而欲一二修先王之政[26]，虽甚愚者，犹知其难也。然臣以谓今之失，患在不法先王之政者，以谓当法其意而已[27]。夫二帝、三王，相去盖千有余载[28]，一治一乱，其盛衰之时具矣。其所遭之变，所遇之势，亦各不同，其施设之方亦皆殊[29]，而其为天下国家之意，本末先后，未尝不同也。臣故曰：当法其意而已。法其意，则吾所改易更革，不至乎倾骇天下之耳目[30]，嚣天下之口[31]，而固已合乎先王之政矣。

虽然，以方今之势揆之[32]，陛下虽欲改易更革天下之事，合于先王之意，其势必不能也。陛下有恭俭之德，有聪明睿智之才，有仁民爱物之意[33]，诚加之意[34]，则何为而不成，何欲而不得？然而，臣顾以谓陛下虽欲改易更革天下之事，合于先王之意，其势必不能者，何也？以方今天下之人才不足故也。

臣尝试窃观天下在位之人，未有乏于此时者

也[35]。夫人才乏于上，则有沉废伏匿在下[36]，而不为当时所知者矣。臣又求之于闾巷草野之间[37]，而亦未见其多焉。岂非陶冶而成之者非其道而然乎[38]？臣以谓方今在位之人才不足者，以臣使事之所及则可知矣。今以一路数千里之间，能推行朝廷之法令，知其所缓急，而一切能使民以修其职事者甚少[39]，而不才、苟简、贪鄙之人[40]，至不可胜数。其能讲先王之意以合当时之变者，盖阖郡之间[41]，往往而绝也。朝廷每一令下，其意虽善，在位者犹不能推行，使膏泽加于民[42]，而吏辄缘之为奸[43]，以扰百姓。臣故曰：在位之人才不足，而草野闾巷之间亦未见其多也。夫人才不足，则陛下虽欲改易更革天下之事，以合先王之意，大臣虽有能当陛下之意而欲领此者[44]，九州之大[45]，四海之远[46]，孰能称陛下之指[47]，以一二推行此，而人人蒙其施者乎？臣故曰：其势必未能也。孟子曰“徒法不能以自行[48]”，非此之谓乎？

然则方今之急，在于人才而已。诚能使天下之才众多，然后在位之才可以择其人而取足焉。在位者得其才矣，然后稍视时势之可否，而因人情之患苦[49]，变更天下之弊法[50]，以趋先王之意[51]，甚易也。今之天下，亦先王之天下。先王之时，人才尝众矣，何至于今而独不足乎？故曰：陶冶而成之者，非其道故也。……

所谓陶冶而成之者何也？亦教之、养之、取之、任之有其道而已[52]。

所谓教之之道何也？古者天子诸侯，自国至于乡党皆有学[53]，博置教导之官而严其选。朝廷礼乐刑政之事皆在于学[54]，士所观而习者，皆先王之法言德行[55]，治天下之意。其材亦可以为天下国家之用。苟不可以为天下国家之用，则不教也。苟可以为天下国家之用者，则无不在于学。此教之之道也。

所谓养之之道何也？饶之以财[56]，约之以礼[57]，裁之以法也[58]。何谓饶之以财？人之情，不足于财，则贪鄙苟得，无所不至。先王知其如此，故其制禄[59]，自庶人之在官者[60]，其禄已足以代其耕矣。由此等而上之，每有加焉，使其足以养廉耻而离于贪鄙之行[61]。犹以为未也，又推其禄以及其子孙，谓之世禄[62]。使其生也，既于父子、兄弟、妻子之养，昏姻、朋友之接[63]，皆无憾矣；其死也，又于子孙无不足之忧焉。何谓约之以礼？人情足于财而无礼以节之[64]，则又放僻邪侈[65]，无所不至。先王知其如此，故为之制度。婚丧、祭养、宴享之事，服食、器用之物，皆以命数为之节[66]，而齐之以律度量衡之法[67]。其命可以为之[68]，而财不足以具，则弗具也；其财可以具，而命不得为之者，不使有铢两分寸之加焉[69]。何谓裁之以法？先王于天下之士，教之以道艺矣[70]，不帅教[71]，则待之以屏弃远方[72]，终身不齿之法[73]；约之以礼矣，不循礼，则待之以流杀之法[74]。……夫约之以礼，裁之以法，天下所以服从无抵冒者[75]，又非独其禁严而治察之所能致也，盖亦以吾至诚恳恻之心力行而为之倡[76]。……此养之之道也。

所谓取之之道者，何也？先王之取人也，必于乡党，必于庠序[77]，使人推其所谓贤能，书之以告于上而察之[78]。诚贤能也，然后随其德之大小，才之高下，而官使之[79]。所谓察之者，非专用耳目之聪明，而听私于一人之口也。欲审知其德，问以行；欲审知其才，问以言。得其言行，则试之以事。所谓察之者，试之以事是也。……有天下者，又不可以一二自察之也，又不可以偏属于一人，而使之于一日二日之间，考试其行能，而进退之也。盖吾已能察其才行之大者，以为大官矣，因使之取其类，以持久试之，而考其能者以告于上，而后以爵命、禄秩予之而已[80]。此取之之道也。

所谓任之之道者，何也？人之才德高下厚薄不同，其所任有宜有不宜。先王知其如此，故知农者以为后稷[81]，知工者以为共工[82]。其德厚而才高者，以为之长；德薄而才下者，以为之佐属。又以久于其职，则上狃习而知其事[83]，下服驯而安其教；贤者则其功可以至于成，不肖者则其罪可以至于著。故久其任而待之以考绩之法[84]。夫如此，故智能才力之士，则得尽其智以赴功[85]，而不患其事之不终，其功之不就也；偷惰苟且之人，虽欲取容于一时[86]，而顾戮辱在其后[87]，安敢不勉乎？若夫无能之人，固知辞避而去矣，居职任事之日久，不胜任之罪不可以幸而免故也。彼且不敢冒，而知辞避矣，尚何有比周、谗谄、争进之人乎[88]？取之既已详[89]，使之既已当，处之既已久，至其任之也又专焉，而不一二以法束缚之，而使之得行其意。尧、舜之所以理百官而熙众工者[90]，以此而已。《书》曰："三载考绩，三考，黜陟幽明[91]。”此之谓也。……此任之之道也。

夫教之、养之、取之、任之之道如此，而当时人君，又能与其大臣，悉其耳目心力[92]，至诚恻怛[93]，思念而行之，此其人臣之所以无疑，而于天下国家之事，无所欲为而不得也。

方今州县虽有学，取墙壁具而已，非有教导之官，长育人才之事也[94]。唯太学有教导之官，而亦未尝严其选。朝廷礼乐刑政之事，未尝在于学。学者亦漠然，自以礼乐刑政为有司之事[95]，而非己所当知也。学者之所教，讲说章句而已[96]。讲说章句，固非古者教人之道也。近岁乃始教之以课试之文章[97]。夫课试之文章，非博诵强学穷日之力则不能[98]。及其能工也，大则不足以用天下国家，小则不足以为天下国家之用。故虽白首于庠序，穷日之力以帅上之教，及使之从政，则茫然不知其方者，皆是也。……夫古之人，以朝夕专其业于天下国家之事，而犹才有能有不能，今乃移其精神，夺其日力[99]，以朝夕从事于无补之学[100]。及其任之以事，然后猝然责之以为天下国家之用[101]。宜其才之足以有为者少矣。……又有甚害者，先王之时，士之所学者，文武之道也。士之才，有可以为公卿大夫，有可以为士。其才之大小、宜不宜则有矣，至于武事，则随其才之大小，未有不学者也。……今之学者，以为文武异事，吾知治文事而已，至于边疆、宿卫之任，则推而属之于卒伍——往往天下奸悍无赖之人[102]。苟其才行足自托于乡里者，亦未有肯去亲戚而从召募者也[103]。边疆、宿卫，此乃天下之重任，而人主之所当慎重者也。……今乃以夫天下之重任[104]，人主所当至慎之选，推而属之奸悍无赖、才行不足自托于乡里之人。此方今所以谌谌然常抱边疆之忧，而虞宿卫之不足恃以为安也。……凡此皆教之非其道故也。

方今制禄，大抵皆薄。自非朝廷侍从之列[105]，食口稍众，未有不兼农商之利而能充其养者也。……以今之制禄，而欲士之无毁廉耻，盖中人之所不能也。故今官大者，往往交赂遗[106]，营赀产，以负贪污之毁；官小者，贩鬻乞丐[107]，无所不为。夫士已尝毁廉耻以负累于世矣[108]，则其偷惰取容之意起[109]，而矜奋自强之心息[110]，则职业安得而不弛[111]，治道何从而兴乎？又况委法受赂[112]，侵牟百姓者[113]，往往而是也。此所谓不能饶之以财也。

婚丧、奉养、服食、器用之物，皆无制度以为之节，而天下以奢为荣，以俭为耻。……故富者贪而不知止，贫者则强勉其不足以追之。此士之所以重困[114]，而廉耻之心毁也。凡此所谓不能约之以礼也。

方今陛下躬行俭约，以率天下，此左右通贵之臣所亲见。然而其闺门之内[115]，奢靡无节，犯上之所恶，以伤天下之教者，有已甚者矣[116]，未闻朝廷有所放绌[117]，以示天下。……今朝廷之法，所尤重者，独贪吏耳。重禁贪吏，而轻奢靡之法，此所谓禁其末而弛其本。……方今法严令具，所以罗天下之士[118]，可谓密矣。然而亦尝教之以道义，而有不帅教之刑以待之乎？亦尝约以制度，而有不循理之刑以待之乎？亦尝任之以职事，而有不任事之刑以待之乎？夫不先教之以道义，诚不可以诛其不帅教[119]；不先约之以制度，诚不可以诛其不循理；不先任之以职事，诚不可以诛其不任事。此三者，先王之法所尤急也，今皆不可得诛，而薄物细故[120]，非害治之急者，为之法禁，月异而岁不同，为吏者至于不可胜记，又况能一二避之而无犯者乎？此法令之所以玩而不行[121]，小人有幸而免者，君子有不幸而及者焉。此所谓不能裁之以刑也。凡此皆治之非其道也。

方今取士，强记博诵，而略通于文辞，谓之茂才异等[122]、贤良方正[123]。茂才异等、贤良方正者，公卿之选也[124]。记不必强，诵不必博，略通于文辞，而又尝学诗赋，则谓之进士[125]。进士之高者，亦公卿之选也。夫此二科所得之技能，不足以为公卿，不待论而后可知。……今使不肖之人幸而至乎公卿，因得推其类聚之朝廷。此朝廷所以多不肖之人，而虽有贤智，往往困于无助，不得行其意也。且公卿之不肖，既推其类以聚于朝廷；朝廷之不肖，又推其类以备四方之任使；四方任使者，又各推其不肖以布于州郡，则虽有同罪举官之科[126]，岂足恃哉？适足以为不肖者之资而已[127]。其次九经、五经、学究、明法之科[128]，朝廷固已尝患其无用于世，而稍责之以大义矣[129]。然大义之所得，未有以贤于故也。今朝廷又开明经之选[130]，以进经术之士[131]。然明经之所取，亦记诵而略通于文辞者，则得之矣。彼通先王之意，而可以施于天下国家之用者，顾未必得与于此选也。其次则恩泽子弟[132]，庠序不教之以道义，官司不考问其才能，父兄不保任其行义[133]，而朝廷则以官予之，而任之以事。武王数纣之罪，则曰："官人以世[134]。"夫官人以世，而不计其才行，此乃纣之所以乱亡之道，而治世之所无也。又其次曰流外[135]。朝廷固已挤之于廉耻之外，而限其进取之路矣，顾属之以州县之事，使之临士民之上，岂所谓以贤治不肖者乎？以臣使事之所及，一路数千里之间，州县之吏出于流外者，往往而有，可属任以事者，殆无二三，而当防闲其奸者[136]，皆是也。……凡此皆取之非其道也。

方今取之既不以其道，至于任人，又不问其德之所宜，而问其出身之后先[137]；不论其才之称否，而论其历任之多少[138]。以文学进者，且使之治财[139]；已使之治财矣，又转而使之典狱[140]；已使之典狱矣，又转而使之治礼。是则一人之身，而责之以百官之所能备，宜其人才之难为也。……

取之既已不详[141]，使之既已不当，处之既已不久，至于任之则又不专，而又一二以法束缚之，使不得行其意。臣故知当今在位多非其人，稍假借之权而不一二以法束缚之[142]，则放恣而无不为[143]。虽然，在位非其人，而恃法以为治，自古及今，未有能治者也。即使在位皆得其人矣，而一二以法束缚之，不使之得行其意，亦自古及今未有能治者也。……

夫教之、养之、取之、任之，有一非其道，则足以败天下之人才，又况兼此四者而有之？则在位不才、苟简、贪鄙之人[144]，至于不可胜数，而草野闾巷之间，亦少可任之才，固不足怪。……

夫在位之人才不足矣，而闾巷草野之间，亦少可用之才，则岂特行先王之政而不得也，社稷之托，封疆之守，陛下其能久以天幸为常，而无一旦之忧乎？盖汉之张角[145]，三十六方同日而起[146]，所在郡国莫能发其谋[147]；唐之黄巢[148]，横行天下，而所至将吏无敢与之抗者。汉、唐之所以亡，祸自此始。……

臣愿陛下鉴汉、唐、五代之所以乱亡，惩晋武苟且因循之祸[149]，明诏大臣，思所以陶成天下之才。虑之以谋[150]，计之以数[151]，为之以渐[152]，期为合于当世之变而无负于先王之意，则天下之人才不胜用矣。人才不胜用，则陛下何求而不得，何欲而不成哉？……

臣又观朝廷异时欲有所施为变革[153]，其始计利害未尝不熟也，顾流俗侥幸之人[154]，不悦而非之，则遂止而不敢为[155]。夫法度立，则人无独蒙其幸者。故先王之政虽足以利天下，而当时承弊坏之后，侥幸之时[156]，其创法立制，未尝不艰难也。……惟其创法立制之艰难，而侥幸之人不肯顺悦而趋之[157]，故古之人欲有所为，未尝不先之以征诛[158]，而后得其意。……今有天下之势，居先王之位，创立法制，非有征诛之难也。虽有侥幸之人不悦而非之，固不胜天下顺悦之人众也。然而一有流俗侥幸不悦之言，则遂止而不敢为者，惑也。陛下诚有意乎成天下之才，则臣又愿断之而已。夫虑之以谋，计之以数，为之以渐，而又勉之以成[159]，断之以果[160]，然而犹不能成天下之才，则以臣所闻，盖未有也。……

臣幸以职事归报陛下，不自知其驽下无以称职[161]，而敢及国家之大体者，以臣蒙陛下任使，而当归报。……伏惟陛下详思而择其中，天下幸甚！

① 臣:臣下,自称。古人上书皇帝均称臣。不肖:不贤,没有才能。这里是谦词。 ② 备使:充使臣之数。即白白占据使臣职位,聊以充数的意思,谦词。路:原为宋代的监察区,后成为实际上的行政区域,相当于今天的省。王安石上书时,刚从提点江东刑狱(江南东路掌管司法刑狱的官职)任上回来。 ③ 有所任属:嘉祐四年(1059),王安石被召入朝任三司度支判官(管理钱粮出入)。但上此书时尚未正式就职。 ④ 使事:出使之事,即指任提点江东刑狱事。陛下:对皇帝的尊称。 ⑤ 缘:因为,根据。 ⑥ 伏惟:俯伏思惟,是下对上的敬词,常用于奏疏或书信中。中:正,正确的。 ⑦ 窃:私下的意思,谦词。 ⑧ 睿(ruì)智:明智。 ⑨ 夙(sù)兴夜寐(mèi):早起晚睡。夙:早。 ⑩ 声色狗马:泛指骄奢淫逸的生活。 ⑪ 纤介:微小的,一丝一毫。介:即芥。蔽:遮盖,这里引申为沾染的意思。⑫ 孚:信任。 ⑬ 辅相:宰相一类辅佐的大臣。 ⑭ 贰:疑惑,三心二意。谗邪:奸邪不正。倾巧:狡诈善变。 ⑮ 二帝:指传说中的唐尧、虞舜。三王:指夏禹、商汤、周文王和武王。 ⑯ 给:丰裕。足:富足。 ⑰ 社稷:本为古代祭祀土神、谷神的地方,后用来代指国家政权。 ⑱ 夷狄:我国古代对少数民族的泛称。这里主要指辽和西夏。 ⑲ 风俗:风尚,习俗。 ⑳ 諰(xǐ)諰然:恐惧的样子。㉑ 患:弊病。法度:法令,制度。 ㉒ 先王:指上古贤明的君王。王安石变法往往打着奉行先王之政的旗号,为变法寻找理论根据。㉓ 闻(wèn):声誉,名声。 ㉔ 泽:恩惠。 ㉕ 法:效法,仿效。按:此句引文见《孟子·离娄上》。原文为:“今有仁心仁闻,而民不被其

泽,不可法于后世者,不行先王之道也。” ㉖ 一二:与一一意思同。修:恢复,修治。 ㉗ 法其意:效法它的精神实质。 ㉘ 相去:相距。 ㉙ 施设:施行。方:方法,措施。 ㉚ 倾骇:惊骇,震惊。 ㉛ 嚣:吵闹,喧哗。 ㉜ 揆(kúi):揣测,衡量。 ㉝ 仁民:以仁德待民。 ㉞ 诚:如果,假如。 ㉟ 乏:缺乏。 ㊱ 沉废伏匿:指处于下层未得重用。沉废:埋没废置。伏匿:隐藏。 ㊲ 闾巷草野:泛指民间。闾巷:街巷,市井。草野:乡村。 ㊳ 陶冶:原意指焙制陶器、冶炼金属,这里引申为培养造就人才。 ㊴ 修:修治,做好。 ㊵ 不才:没有才能。苟简:苟且马虎。贪鄙:贪婪卑鄙。 ㊶ 阖(hé):整个,全。 ㊷ 膏泽:恩泽,恩惠。 ㊸ 辄(zhé):常常,总是。缘:凭借,趁着。 ㊹ 当:承受。意:旨意,心意。领:担当,领受。 ㊺ 九州:古代将中国划分为九州,后遂以九州代指中国。 ㊻ 四海:上古之人以为中国四周均为海,称中国为海内,外国为海外。这里泛指天下。 ㊼ 称:符合,适合。 ㊽“徒法”句:意思是仅有法令是不能使它自己实施的。语见《孟子·离娄上》。 ㊾ 患苦:忧患,痛苦。 ㊿ 弊法:不合理的,有弊端的法令制度。 51 趋:达到。 52 教:教育。养:供养。使人能生存、富裕。取:选拔。任:任用,信用。 53 国:指天子所治之国及诸侯的封国。乡党:乡里,乡村。周代以五百家为党,一万二千五百家为乡。学:学校。 54 礼乐:礼仪、音乐。刑政:刑法、政治。 55 法言:合乎礼法的言论。德行:符合道德的行动。 56 饶:富裕,富足。 57 约:约束,控制。礼:封建社会的道德规范、礼仪制度。 58 裁:制裁,管制。 59 制禄:确定俸禄和官爵。 60 自:虽然,即使。庶人:平民。在官者:指庶人中在官府服役的人。 61 养廉耻:修养并保持守廉洁羞耻的操守。 62 世禄:世代承袭的爵位俸禄。 ⑥③ 接:指亲戚朋友间的应酬往来。 ⑥④ 节:节制,限制。 ⑥⑤ 放僻邪侈:放荡邪行,胡作非为。 ⑥⑥ 命数:周代官员的品级自九命至一命分为九等(九命最高,一命最低),命数即指等级高低。官员的待遇按命数的高低而有不同,不得逾越。 ⑥⑦ 律度:长度。量衡:容程与重量。 ⑥⑧ 命:即指命数。 ⑥⑨ 铢两:形容轻微。古代二十四铢为一两。 ⑦⓪ 道艺:道德与才艺。 ⑦① 帅:遵循,服从。 ⑦② 屏弃:斥退,弃置。 ⑦③ 不齿:不提及,即不再任用。 ⑦④ 流杀:流放、杀头。 ⑦⑤ 抵冒:抵触,冒犯。 ⑦⑥ 恳恻:诚恳痛切。 ⑦⑦ 庠序:原为西周乡学的名称,后泛指学校。 ⑦⑧ 上:指帝王。 ⑦⑨ 官使之:使他任官。 ⑧⓪ 爵命:爵位等级。禄秩:俸禄等级。 ⑧① 后稷:周的始祖,名弃,帝舜时为农官,封于邰,号后稷。后世遂以后稷为农官名,这里指农官。 ⑧② 共工:古代掌管百工的官名。 ⑧③ 狃习:熟习,习以为常。 ⑧④ 考绩:考核官吏的工作实绩。 ⑧⑤ 赴功:取得成功。 ⑧⑥ 取容:被宽容。 ⑧⑦ 戮辱:耻辱,指受到处罚。 ⑧⑧ 比周:结党营私。谗:说别人的坏话。谄:对上司巴结奉承。争进:争着升官。 ⑧⑨ 详:完善。 ⑨⓪ 理:管理。熙:兴办。工:同“功”,指国家政事。 ⑨① “《书》曰”四句:见《尚书·舜典》。黜陟:罢免与升迁。幽明:昏庸、明智,指政治才能的优劣。 ⑨② 悉:尽。 ⑨③ 至诚:非常诚恳,诚心诚意。恻怛:原意为忧伤,这里指对国事深切关心。 ⑨④ 长(zhǎng)育:培育提高。 ⑨⑤ 有司:政府的主管部门或官员。 ⑨⑥ 讲说章句:分析古书的章节与句子。 ⑨⑦ 课试之文章:应付科举考试的文章。宋代科举考试进士科试策、论、诗赋,明经科考帖经(填写儒家经典文字)、墨义(笔试经义内容)。 ⑨⑧ 穷日之力:一天到晚,用尽全部精力。 ⑨⑨ 日力:

时间，工夫。 ⑩⓪ 补：益。 ⑩① 猝然：突然。 ⑩② 奸悍无赖：奸邪凶悍的无赖之徒。 ⑩③ 召募：指招兵。 ⑩④ 夫：代词，相当于“彼”。⑩⑤ 自非：如果不是……；侍从：宋代称翰林学士、给事中、六部尚书、侍郎为侍从，因为他们接近皇帝，地位清贵。这里泛指中央高级官员。 ⑩⑥ 交赂遗(wèi)：相互以财物贿赂别人。 ⑩⑦ 贩鬻(yù)：贩卖货物以营利。乞丐：这里指官吏向别人索取财物，好像乞丐一样。⑩⑧ 负累：负罪，有了罪过。 ⑩⑨ 偷惰：苟且马虎，毫无作为。取容：逢迎别人。 ⑪⓪ 矜奋：认真奋发。矜：自重。 ⑪① 职业：这里指官吏的本职工作。 ⑪② 委法：枉法。委：弃。 ⑪③ 侵牟(móu)：侵害，侵夺。牟：通“蛑”，食苗根的害虫。这里是贪取的意思。 ⑪④ 重(chóng)困：非常困窘。 ⑪⑤ 闺门之内：指内室。 ⑪⑥ 已甚：太甚，过于厉害。 ⑪⑦ 放绌：放逐，贬斥。绌，通“黜”。 ⑪⑧ 罗：捕鸟的网。这里是防范、禁止的意思。 ⑪⑨ 诛：这里是处罚的意思。⑫⓪ 薄物：细小的事物。细故：微小的过失。 ⑫① 玩：被轻视。⑫② 茂才异等：汉代荐举官吏的科目之一。原指才能突出的人，茂才即秀才，后汉避光武帝刘秀名讳，改秀才为茂才。唐宋时代茂才异等是制科(正常科举之外，以皇帝名义主持的考试)科目之一。⑫③ 贤良方正：亦为汉代荐举官员的科目，始于汉文帝二年。原指有学问道德的人。唐宋时期亦为制科科目。 ⑫④ 公卿：古代有所谓“三公”“九卿”，分别为朝廷中枢决策官员和中央各部门负责官员。历代的名称和职掌不尽相同。这里泛指中央高级官员。 ⑫⑤ 进士：隋以后实行的科举考试科目，士人经各地考试合格，集中到中央，经会试(礼部考试)和殿试(以皇帝的名义主持的考试)合格者，称为进士。 ⑫⑥ 同罪举官之科：封建官僚制度规定，官员犯罪，举荐他的人也一同治罪。科：法律条文。 ⑫⑦ 适：正好。资：凭借，依靠。 ⑫⑧ 九经、五经、学究、明法：均为宋代科举考试中进士科以外的科目。九经、五经、学究为诸科考试中的类别。精通儒家九经（《易》《书》《诗》《礼记》《周礼》《春秋》《孝经》《论语》《孟子》）的士人为“九经”，精通五经者为“五经”，精通一经者为“学究”。明法科则考试法令刑律。 ⑫⑨ 大义：宋代科举考试时士子要试“经义”十道，即考对经典的理解。 ⑬⓪ 明经：宋代科举考试科目，以考试帖经、墨义为主。王安石变法后废除。 ⑬① 进：进用，提拔。经术之士：熟悉儒家经典，并主张按经义管理国家的人。 ⑬② 恩泽子弟：即施恩泽于官僚子弟。宋代有“任子之法”，父、祖官爵达到一定级别或有功勋，则子弟可直接任官。 ⑬③ 保任：担保。 ⑬④ 官人以世：根据家世任用官吏。 ⑬⑤ 流外：魏晋时起官员等级分为九品，一品最高，九品最低，隋唐时九品又各分正从，共十八级，正四品起，每品正从又各分上下二阶，合共三十级。九品三十级以内的官员称流内，从九品下以下的低级官吏称流外。宋代非进士、明经出身的杂色官吏也称流外。流外官一般不能担任高级职务。 ⑬⑥ 防闲：防范。 ⑬⑦ 出身之后先：获得做官资格的早晚。 ⑬⑧ 历任之多少：任职的经历和年限。⑬⑨ 且：却。 ⑭⓪ 典狱：管理刑狱之事。 ⑭① 不详：不善。 ⑭② 假借：给予。 ⑭③ 放恣：放纵，没有约束。 ⑭④ 苟简：得过且过，应付差事。 ⑭⑤ 张角：东汉末年黄巾起义军领袖，自称天公将军，河北巨鹿（今河北平乡）人。 ⑭⑥ 三十六方：黄巾军的军事单位。张角以太平道组织徒众，起义军至数十万人，编为三十六方。 ⑭⑦ 郡国：郡为地方行政区划，下辖县，由中央直接管辖。此外，分封给诸侯、诸王的侯国、王国称国，地位相当于郡，主要官员由中央委派，中低级官员由侯、王任命。 ⑭⑧ 黄巢：唐末农民起义领袖，曹州冤句（今山东菏泽）人。号冲天均平大将军，攻克长安后，曾立国称帝，国号大齐。起义失败后自杀。 ⑭⑨“惩晋武”句：晋武帝司马炎统一全国后，不思兴作，得过且过，又大封同姓子弟为王。武帝死后，皇族诸王之间争权夺利，发生八王之乱，战争延续十六年，使西晋元气大丧，不久亡国。 ⑮⓪ 虑之以谋：指对造就人才这件事要事前考虑好。⑮① 计之以数：指要经过周密的策划，做到心中有数。计：策划。⑮② 为之以渐：逐步推行既定的计划。渐：逐步地，一步步地。⑮③ 异时：往时，从前。 ⑮④ 顾：不过。表示轻微的转折。流俗侥幸之人：无所作为和投机取巧的人。 ⑮⑤“则遂止”句：指仁宗庆历年间，范仲淹等欲行新政，遭到守旧派官僚的反对而中止。 ⑮⑥ 弊坏：这里指混乱败坏的时局。 ⑮⑦ 顺悦：心悦诚服地听从。趋：跟着走，指执行法制。 ⑮⑧ 征诛：征伐诛杀。 ⑮⑨ 勉之以成：尽力去完成。勉：尽力。 ⑯⓪ 断之以果：果断处理。 ⑯① 驽下：才能低劣。驽：劣马。

翻译

臣下愚钝没有才能，蒙皇上恩典让我充当一路的提点刑狱，现在又蒙皇上的恩泽召我回朝，将要有所任用，我应当将提点刑狱任上的情况向皇上报告。我不自量自己实在不称职，却胆敢根据出使江东路所了解的情况，冒昧地议论天下大事，恭敬地希望皇上仔细考虑而采纳其中正确的意见，那我就太荣幸了。

我私下观察，皇上有谦恭俭朴的美德，有聪慧明智的才质，早起晚睡，没有一天懈怠过政务；对于歌舞美色，打猎游览，珍宝玩物这类事情，没有一毫沾染；而慈爱百姓、珍惜物力的诚意，得到天下人的信任；并且又凭公选拔天下人一致拥护的人来担任辅佐大臣，将国家政事托付给他们，而不被那些奸邪不正、狡诈善变的小人所迷惑。即使是二帝三王那样的用心，也不过像这样罢了。按理说，国家应该家家富裕，人人丰足，天下大治了。而实际并非如此，我们对内不能不为国家担忧，对外不能不惧怕外族的侵扰。国家的财力一天天困穷，而社会风俗也一天天衰落败坏，天下有志之士深深忧虑，经常担心天下不能长治久安。这是什么缘故呢？病根就在于不懂得建立法令制度啊。

现在朝廷法制严密，律令齐备，无所不有，我却认为朝廷没有法令制度，这是为什么呢？因为现在的法令制度，大多不合乎古代贤明的君王的政教。孟子说过："有仁爱的心地和仁爱的名声，恩泽却不能施加给百姓，是因为国君治理天下时没有效法先王之道的缘故。"用孟子的话来观察现在的弊病，正是这样的情况。

现在的世道，距离先王的时代很远，所遇到的变化，所面临的形势都不一样，却想一一恢复先王的政教，即使是很愚蠢的人，也知道是很难办的。然而我认为今天的失误，病根在于不效法先王的政教，是指应当效法先王施政的精神实质。从尧、舜到夏、商、周时代，相距有一千余年，有时安定有时动乱，兴盛与衰落的各种时世都经历过了。他们各自所遇到的变革，所面临的形势，也各不相同，他们施政的方略也就不一样，但是他们治国的基本精神，先抓根本，后抓末节的基本方法，则是没有不同的。因此我才说：应当效法先王治国的基本精神。效法其基本精神，那么我们所进行的变法改革，就不至于惊骇天下人的视听，使天下人议论纷纷，吵吵闹闹，却又可达到合乎先王的政教了。

虽然如此，按今天的形势来衡量，皇上虽然想改革国家的政事，使它合乎先王治国的基本精神，但却必然实现不了。皇上有恭俭的美德，有聪慧明智的才质，有慈爱百姓、珍惜物力的意愿，如果真的着意于效法先王治国的精神，那么，还有什么事情不能办成，什么愿望不能实现呢？而我却认为皇上虽然想改革变化国家的政事，让它合乎先王治国的精神，而按目前形势却一定不能实现，原因是什么呢？是因为现在天下的人才不足的缘故。

我曾私下观察过，全国在职官员中，人才的缺乏没有比现在更严重的。上层缺乏人才，就一定有人才被埋没废弃，隐藏在底层，而没有被人所了解。然而我又从民间去访求，却也没有发现很多人才。难道这不是由于培养造就人才的方法不当而造成的吗？我认为现在在职官员中人才不足这种状况，从我这次出使江东路时所见所闻就可以知道了。现在一路数千里范围以内，能够正确推行朝廷的法令，知道哪些是必须先办的，哪些是可以缓办的，而且一切措施都能促使百姓搞好他们的本职事务的官员实在太少了，而没有才能、办事苟且马虎、贪婪卑鄙的人，却多得数不尽。那种能够讲求先王施政的基本精神，以便适应变化了的形势的人,大概整个州郡之内,往往一个也找不到。朝廷每下达一道政令,它的本意虽很好,在职的官员尚且不能推行,使皇上的恩惠能施之于百姓,而那些贪吏常常乘机为非作歹,骚扰老百姓。所以我才说:在职的官员中人才不足,而且乡野街巷之间也没有见到多少。人才不足,那么陛下虽然想改革国家的政事,以合乎先王治国的精神,大臣当中虽然也有能承受皇上的旨意而愿意担当这种重任的,但是九州这样大,四海这样远,有谁能体会皇上的心意,一项一项地推行,使得人人能蒙受皇上的恩泽呢?所以我才说:现在的形势一定不能实现改革的愿望。孟子说过:"光有法令是不能使它自己实施的。"不正是说的这种情况吗?

这样看来,现在最紧迫的事情,在于人才的发现与培养。如果真能使天下人才济济,然后任职所需的人才就可以从中选择配齐。在位的官员真正得其才了,然后可以根据形势的可否,按照老百姓的困苦,改革国家的弊政,以求合乎先王治国的精神,那就不难了。今天的天下,也是先王时候的天下。先王治国的时候,人才曾经是很多的,为什么唯独到了今天人才就不足了呢?所以说:这是现在培养造就人才的方针不对头的缘故。……

所谓培养造就人才是指什么呢?也就是教导、培养、选拔、任用都有正确的方针罢了。

所谓教导的方针是什么呢?古时候的天子和诸侯,从国都到乡村都建有学校,普遍设置担任教导的官员,而且选拔很严格。有关朝廷的礼仪、教化、刑法、政治等事,都在学校中学习,读书人所接触并练习的，都是先王的合乎礼法的言论和符合道德的行为，以及施政治国的精神。学生们学到的才干也可以对治理国家有用。假如不能对治理国家有用，就不教给学生。如果对治理国家有用的，就没有不在学校学习的。这就是教导的正确方针。

所谓培养人才的正确方针是什么呢？就是使培育的人才经济上富足，用道德规范、礼仪制度来约束他们，用刑法来制裁他们。什么叫作用钱财来使他们富足呢？人之常情，如果钱财不足，就会贪婪卑鄙、巧取豪夺而无所不至。先王懂得这个道理，所以制定俸禄时，那些在官府当差服务的平民所得到的俸禄已足以抵得上在家耕作的收入。由此逐级向上计算，每上一等，俸禄都有所增加，使他们有足够的收入来保持廉洁，从而远离贪鄙的行为。这样还认为不够，又规定俸禄待遇可以传给子孙，叫做“世禄”。让他们活着的时候，对于供养父母、兄弟、妻子及接待应酬婚姻和亲戚朋友，都没有什么缺憾；死了以后，子孙也不会有生活费用不足的忧虑。什么叫作用礼仪制度来约束他们呢？人之常情，如果钱财丰足而没有礼仪制度来节制他，就会放荡邪行而无所不至。先王懂得这个道理，所以为他们规定了制度。凡是结婚、治丧、祭祀、养育、宴请宾客这类事情，衣服、饮食、日用器具之类物品，都按等级高低加以节制，而且数量、规格都有统一的规定。按照等级可以办的事，可是财力不足以去办，那就不办；他的财力可以置办，可是等级还不够格，按规定不许可做的，也不让他违反规定有一丝一毫的增加。什么叫做用刑法来制裁他们呢？

先王对于天下的士人，都用道德才艺来教育他们，不听从教导的，就用将他们放逐到远方并且终身不再任用的办法来对待他们；用礼仪制度来约束士人，不遵循这些礼仪制度的，就将他们流放，或处以死刑。……用礼仪制度来约束，用刑法来制裁，天下人之所以都服从而没有抵触冒犯的，又不仅是因为禁令严厉而且管理细密所能奏效的，大概也要靠君主诚恳痛切的用心，而且身体力行，加以倡导。……这就是培养人才的正确方针。

所谓选拔人才的正确方针是什么呢？先王选拔人才，必定从地方上，从学校里，让大家推举贤能的人，记录之后报告君主加以考察。果真是贤能的人，然后依照他们德行的大小，才干的高下，来任用他们。所谓考察，并非光靠耳闻目见，或者私下听某人说。要全面了解他的德行，就要问问他的行为；要想全面了解他的才干，就要听听他的言论。了解了他的言行，就要用具体的政事来试验他。所谓考察他，就是用政事来试验他。……有天下的人，又不可能一一都亲加考察，也不可能只委托一个人，而让他在一日二日之内，考试人们的品行、才能，而提拔或者斥退他们。因为已经考察出才干和德行都很好的人，让他们担任高级官员了，再让他们推举与他们类似的人来长久试用，考察这些人中间有才能的人来报告给君主，然后按等级给予他们官爵、俸禄。这就是选拔人才的正确方针。

所谓任用人才的正确方针是什么呢？人们的才干德行的高低都不相同，所任的官职有的合适，有的不合适。先王懂得这个道理，因此让通晓农事的人担任农官，熟悉工艺的人掌管制作。其中德行才干较高的人，让他担任负责官员；德行才干较低的人，让他担任助手和僚属。又因为长期任职，那么，上级对他熟悉并且了解他的作为，下级对他驯服而听从他的指教；贤能的人，他的功业可以有所成就，不贤的人，他的罪行也可以显著地暴露出来。因此，要让他们长期任职，并且用考核工作实绩的办法对待他们。这样做，有聪明才智的人就可以尽自己的才智来取得成功，不必担心他们的事业半途而废，他们的功业不能成就；懒惰马虎混日子的人，虽然想蒙混一时，但想到处罚跟着就会到来，他怎敢不努力呢？至于那些无能之辈，本来就知道该辞职离去了，因为任职的时间长久，渎职的罪责是一定不能侥幸免除的。他们既然不敢冒充贤士占据职位，知道辞职离去，哪里还会有结党营私、陷害别人，奉承上级、钻营争夺的人呢？选拔人才的办法已经很完善，使用人才已经很恰当，任职时间已经很长久，至于他们担任的官职又很专一，并且不用烦琐的法规来束缚他们，让他们能根据自己的想法行事。尧、舜之所以能管理好百官，兴办各种事业，就是依靠这种办法。《尚书》上说："三年考核一次政绩，三次考核之后，就升迁贤明的人，罢免昏庸的人。"就是说的这种情况。……这就是任用人才的正确方法。

教导人才、培养人才、选拔人才、任用人才的正确方针如上所述，而当时的君主又能与他的大臣一起，尽心尽力，诚恳关切，念念不忘地加以实行，这就是他们的臣下之所以没有疑虑的原因，而天下国家的大事,就没有什么想办却办不到的了。

现在各个州县虽然都有学校,只是空有形式罢了,并没有教导学生的学官,也没有培养人才的工作。只有中央的太学才设有教导之官,但是也没有经过严格的挑选。朝廷有关礼乐刑政的学问,都不在学校学习的范围内,学生对这些也漠不关心,自认为礼乐刑政这些事都是政府有关部门所管的,而不是自己所应知晓的。老师所教的,只是分析古书的章节与句子罢了。分析章句,本来就不是古代教育学生的方法。近几年来才开始教给他们应付科举考试的文章。而科举考试的文章,假如不是一天到晚地死记硬背就学不会。等到学得比较精通了,从大处说却不能应用来治理天下,从小处说,它也不足以被国家所用。所以,虽然在学校里读书直到白了头发,用尽所有时间听从上级的教导,等到让他从政,却茫然不知怎么办的人,到处都有啊。……古代的人,从早到晚专心致力于天下国家的政事,而他们的才能仍然有的行,有的不行,现在却要转移他们的精力和时间,让他们从早到晚都去学习那些对国家没有补益的学问。等到让他们担任某种职务的时候,就突然要求他们能对天下国家有用,他们的才干能足以对国家有作为的当然就很少了。……更有害的是,先王的时候,士人所学的科目是兼及文武两方面的。士人的才干,有的可以担任公卿,有的可以成为一般官员。他们的才能有大有小,担任的官职有的相宜,有的不相宜,至于军事方面的知识,则不论他的才能大小,没有不学的。……现在的学者,认为文治和武功是两回事,我只要能管理文事就行了，至于保卫边疆、宫廷的责任，则推给军人——往往是奸邪凶悍的无赖之徒。而这些人中，只要自己的才能德行足以在家乡立足的，也没有肯离开家人和亲戚而去应征入伍的。边疆和皇宫的保卫，这些是国家的重任，而且是帝王应当极端谨慎地加以重视的事。……现在却把国家这项重任，这项帝王所应当极端慎重地加以挑选的职事，委托给那些奸邪凶悍的无赖之徒和才干德行都不足以在家乡立脚的人。这就是今天大家都深深忧虑边疆的防守和宫廷的保卫都不足以凭藉的原因。……以上种种，都是教导人才的方针不正确的缘故。

现在规定的俸禄，总的来看都低。除了皇帝身边的高级官员，其余官吏，凡家庭人口稍多的，没有不兼营农业、商业以增加收入，来满足生活需要的。……凭现在规定的俸禄，而想让士大夫不败坏廉耻，这是一般人做不到的。所以当今官位高的，往往互相贿赂送礼，追求财物，以致背上贪污的坏名声；官位低的，便贩买贩卖，向别人索取财物，什么坏事都干。士大夫已经败坏了廉耻，犯下了罪过，就会产生苟且怠惰，求人宽容的念头，而自重奋发、自强不息的精神就没有了，那么他对于本职工作怎么能不松懈，国家治理之道又怎么能兴盛起来呢？况且贪赃受贿，侵害百姓的人，几乎到处都有呵！这就是我所说的不能用钱财来使他们富足。

现在结婚、治丧、奉养父母、穿的、吃的和日常用的东西，都没有制度来加以节制，而天下人以奢侈为荣，以节俭为耻。……所以富人贪婪而没有节制，穷人虽然家底不足也要勉强去追求。这就是士大夫所以非常困窘，而丢掉了廉耻之心的原因。所有这些，都是所谓不能用礼制去约束的后果。

现在皇帝陛下亲自厉行节俭，做天下的表率，这是您左右的达官贵人们亲眼所见的。然而在他们家里却是奢侈靡费没有节制，做您所憎恶的事，而且伤害天下的教化，有的情况已很严重了，可是也没听说朝廷对他们有所贬斥惩罚，来告诫天下。……现在朝廷的法令特别严厉的，仅只是对贪官污吏的惩处。重视对贪官污吏的惩治，而轻视对奢侈腐化的处罚，这就是抓住了枝节而放松了根本问题。……当前的法令严格而且完备，用来防范天下的士大夫，可以说是很严密的了。然而在以道德、礼义教育他们的同时，是否也有针对不听教化的刑法来约束他们呢？在用制度约束他们的同时，是否有针对不守礼制的刑法来监督他们呢？在委任给他们官职的同时，是否设有针对不负责任的刑法来监督他们呢？如果不先用道德礼义来教导他们，就不可以处罚他们不听从教化；不先用制度来约束他们，就不可以惩罚他们不遵守礼制、法度；不先给他们以职务，就不能处罚他们不负责任。这三项，是古代先王的法律首先要处理的，可是现在都不加以处罚，而对那些小事，那些并没有妨碍政治而急需处理的事情，却要订出法律禁令，而且这类法令年年月月都不同，连当官的都无法记住，又怎么能使人们规避而不违犯呢？这便是法令之所以日益被轻视而无法执行，奸邪小人可以侥幸逃避，正直君子却有可能触犯的原因所在。这就是所谓不能用刑法来制裁。所有这些都是法治非其正道的表现。

现在选拔人才，把那些读书多，记忆力好，长于背诵，而又略为通晓文章辞采的人，称为茂才异等、贤良方正。茂才异等、贤良方正，就是公卿的选拔对象了。那些记忆力不很强，诵读的书不一定多，略为通晓文章辞采，而又学过诗赋的，就叫作进士。进士中名次高的，也是公卿的人选。可是，这两科所掌握的技艺能力，并不能胜任公卿职务，这是不需要论证便可明白的。……如今，让那些不肖之徒侥幸地当上了公卿，他们就能够把狐群狗党聚集到朝廷里来，这样，就使朝廷聚集了许多坏人，虽然有贤明的人，也往往陷于困境而无人相助，不能按自己的意愿办事。而且窃居公卿的不肖之徒，既然会拉拢同伙聚于朝廷；朝廷中的这帮不肖之徒，又会把自己的同伙派往充当地方的官吏；这些派往地方的不肖官吏，又会推举不肖之徒去管理各个州郡，虽然有官吏犯法，荐举者一同治罪的法律，又怎么靠得住呢？这恰恰成为不肖之徒可利用的凭借罢了。其次九经、五经、学究、明法等考试科目，朝廷本来已担心这些科目对治理国家无用，而逐渐增加考经书要义的内容了。可是，考经书要义所选拔的人才，并没有比过去更好的。现在朝廷又开了明经科，来选择那些懂得经典的士人。然而，明经科所录取的人才，也只是会背诵经书而大略通晓文辞，便可以入选了。而那些通晓古代先王的治国方略，并能应用于治理国家的人，还不一定能入选呢。其次，那些靠祖上恩泽的世家子弟，学校不教授他们道德礼义，有关部门不考察他们的才能，父兄不担保他们的行为品德，而朝廷却授官给他们，把职事委任给他们。历史上周武王讨伐商纣王，列举纣王的罪状，便是“根据家世任用官吏”。只凭家世任用官吏，而不看他的才能行为，这便是商纣王灭亡的原因，而政治安定的时代却没有这种事情。再次，还有“流外”的问题。朝廷本来已把他们排斥在有廉耻之外，并且已限制他们仕途上的进取之路了，可是却把管理州县的事交给他们，使他们凌驾于老百姓之上，这难道是所谓的以贤能的人统治不贤的人吗？根据我在外任职所见，一路几千里之内，州县官吏以“流外”出身的，往往不少，而其中真正能委任政事的，恐怕十个当中没有两三个，可是要防范他们干坏事，却是理所当然的。……这些都说明了选拔人才没有正确的方针。

当今选拔人才既然没有正确的方针，至于任用，又不问他的品德是否合适，而只看他任官时间的先后；不问他的才能是否相称，而看他连续任职的多少。以文学诗赋考取的，却让他去管理财政；已让他治理财政了，又调他去主管刑狱；已经派他主管刑狱了，又调他去掌管礼仪。这等于让一个人具备百官的能力，这样要造就人才就很难了。……

选择人才既然已经很不完善，使用他们已经很不恰当，安排给他们职务的时间又不长久，至于给他们的职责又不能专一，而且又一一用烦琐的法律条文来束缚他们，使他们不能按自己的意图办事。我也知道，当今在位的官员多数是不称职的，稍给他们一些权力而不一一用法律来束缚他们，便会放肆行事而无所不为。不过，在位官员不称职，而依靠法律条文来约束他们，自古至今，没有能治理好国家的。即使在位的官员都称职，而总是用一条条的法律来束缚他们，不让他们按自己的意图办事，自古至今也是没有能治理好国家的。……

教育、培养、选拔、任用，四者当中有一条不正确就足以毁掉天下的人才，更何况这四者都不得其道呢？因此在位官吏缺乏才能，得过且过，贪婪卑鄙的人，多到数不胜数，而乡村街巷之间，也少有可用的人才，当然就不足为怪了。……

在位的官员中人才很缺乏，而街巷乡野之中也少有可用的人才，这种状况难道只是无法实现先王的政治吗？国家的稳固，边疆的守卫，这类大事，皇上难道能长久依赖老天的保佑，而无突发事变的忧虑吗？汉代的张角，三十六方在同一天起事，起事时所在地的地方官无一能预先发觉他们的阴谋。唐代的黄巢，纵横天下，所到之处，将吏们无一敢进行对抗的。汉、唐两个朝代之所以灭亡，灾祸就从这里开始。……

我希望皇上借鉴汉、唐、五代混乱灭亡的教训，警戒晋武帝苟且偷安、得过且过的祸害，明确训诫大臣们，切实考虑如何培养造就国家的人才。做好考虑谋划，做到心中有数，逐步加以实行，以期合乎今天形势的变化，并且不违背先王治国的基本精神，那么，天下的人才就用不完了。人才用不完，那么，皇上还会有什么要求不能达到，什么愿望不能实现呢？……

我又曾看到，朝廷从前曾经想要有所改革，开始的时候，考虑变革的利弊得失不能说不周到，不过只要一有因循守旧、投机取巧的人，不喜欢改革而反对它，朝廷也就停止改革，不敢再进行下去。其实任何法制的实施，人们都不可能光是蒙受它的好处而没有一点不便的。所以先王时候的政治虽然有利于天下，但当时继承的是混乱败坏的局面，人们又还心存侥幸，先王创立法制，没有不艰难的。……正因为当初创立法制非常艰难，而且心存侥幸的人不肯心悦诚服地听从并执行法制，所以古人想要有所作为，没有不先施行征伐诛杀来惩治坏人，然后才能实现自己的意图的。……现在皇上掌握着天下的权势，处于先王一样的地位，创立法制时，不存在征伐诛杀的困难。虽然有心存侥幸的人不喜欢改革并且反对它，但他们毕竟没有心悦诚服地拥护改革的人那样多。既然这样，一有因循守旧、投机取巧的人反对改革的言论，改革就停止下来不敢进行下去，这实在是疑惑不定的缘故。皇上如果真想造就天下的人才，那么，我就希望皇上果断行事就是了。事前做好谋划，做到心中有数，逐步实行，而且又尽力去完成，果断地加以处理，这样做了还不能造就天下之才，按照我的见闻，大概不会有这种事的。……

我荣幸地能回朝把任职的情况向皇上报告，不考虑自己的才能低下极不称职，却敢于谈论起国家的根本大计，是因为我蒙皇上的信任和重用，因而应当回来报告。……希望皇上加以周密考虑而采纳其中正确的意见，那么，国家就太幸运了！

度支副使厅壁题名记

宋仁宗嘉祐五年(1060),王安石任三司度支判官。当时度支副使吕景初刊刻历任官员的名录,本文就是为名录写的题记。第一段交待写作原由。第二段强调理财对国家的重要性,希望完善法令制度,选拔贤能官吏,整顿财政。熙宁年间的变法,理财是重要内容,其主要思路在本文中基本形成。当时国家财政困难,兼并之风盛行,贫富悬殊增大,政治危机加剧。作为清醒的政治家,王安石充分认识到问题的严重性,坚定了他改良政治的决心。末一段强调度支副使地位的重要性,因其握有治理国家财政的大权,身系国家兴衰,因而应该恪尽职守,不可不慎重。文章结尾点明吕景初刻名录的动机,与文章开头相呼应。本文说理明晰,论断有力,气势凌厉。第二段前几句,用勾连法,将财、法、吏贯连起来,透彻地论述了理财的重要性,又用音节急促的短句,既显示出这个问题的紧迫性,又有不容争辩的气势。

三司副使[①],不书前人名姓。嘉祐五年,尚书户部员外郎吕君冲之[②],始稽之众史[③],而自李纮已上至查道[④],得其名;自杨偕已上[⑤],得其官;自

郭劝已下[⑥]，又得其在事之岁时[⑦]。于是书石而镵之东壁[⑧]。

夫合天下之众者，财；理天下之财者，法；守天下之法者，吏也。吏不良，则有法而莫守；法不善，则有财而莫理。有财而莫理，则阡陌闾巷之贱人[⑨]，皆能私取予之势[⑩]，擅万物之利[⑪]，以与人主争黔首[⑫]，而放其无穷之欲[⑬]，非必贵强桀大而后能[⑭]。如是而天子犹为不失其民者，盖特号而已耳[⑮]。虽欲食蔬衣敝[⑯]，憔悴其身，愁思其心，以幸天下之给足[⑰]，而安吾政[⑱]，吾知其犹不行也。然则，善吾法，而择吏以守之，以理天下之财，虽上古尧、舜，犹不能毋以此为先急，而况于后世之纷纷乎[⑲]！

三司副使，方今之大吏，朝廷所以尊宠之甚备[⑳]。盖今理财之法，有不善者，其势皆得以议于上而改为之[㉑]。非特当守成法，吝出入[㉒]，以从有司之事而已。其职事如此，则其人之贤不肖，利害施于天下如何也？观其人，以其在事之岁时，以求其政事之见于今者，而考其所以佐上理财之方[㉓]，则其人之贤不肖，与世之治否，吾可以坐而得矣。此盖吕君之志也[㉔]。

① 三司副使:三司是宋朝设立的中央财政机构,包括盐铁、度支、户部三个部门。设三司使一人总揽政事,三部各设副使一人,称“三司副使”,是本部主管长官。 ② 吕君冲之:吕景初,字冲之,开封酸枣(今河南延津)人,当时以尚书户部员外郎任度支副使。 ③ 稽:查考。 ④ 李纮(hóng):字仲纲,宋州楚丘(今山东曹县东)人,曾在宋仁宗朝任度支副使。已上:同以上。查道:字湛然,歙(shè)州休宁(今安徽休宁)人,宋真宗咸平六年(1003)诏令三司分部设副使,他首任度支副使。 ⑤ 杨偕(xié):字次公,坊州中部(今陕西中部)人,曾在宋仁宗景祐年间任度支副使。 ⑥ 郭劝:宁仲褒,郓州须城(今山东东平)人,庆历六年(1046)任度支副使。 ⑦ 在事:任职。岁时:日子。 ⑧ 书石:写在石碑上。镵(chán):镌刻。 ⑨ 阡陌:田间小路,这里代指乡村。闾巷:街巷。贱人:此处指富商。 ⑩ 私:个人占有。取予:指买卖。 ⑪ 擅:垄断。 ⑫ 人主:皇帝。黔首:平民百姓,因为平民以黑巾裹头,故称。 ⑬ 放:放纵。 ⑭ 贵强桀大:地位显贵,权势强大。桀,同“杰”。 ⑮ 特:只是,仅仅。号:名号,名义。 ⑯ 食蔬衣敝:吃蔬菜、穿破衣。 ⑰ 幸:期望。给(jǐ)足:供给充足。 ⑱ 吾政:我朝之政。 ⑲ 纷纷:动乱不安。 ⑳ 备:完备,全面。 ㉑ 上:指朝廷。 ㉒ 吝出入:指严格管理,精打细算。吝:吝惜。出入:支出与收入。 ㉓ 上:指皇帝。方:措施,办法。 ㉔ 志:意图,动机。

翻译

三司副使，先前历任这一职务的人的姓名没有记载下来。嘉祐五年，尚书户部员外郎吕冲之君，方查考各种史料，而从李纮以前直到查道，弄清楚了他们的姓名；从杨偕以前，弄清楚了他们的官阶；从郭劝以下，又弄清楚了他们任职的时间。于是将他们的姓名写上石碑，镌刻在官厅的东壁上。

团聚天下众多臣民依靠财政，管理天下的财政依靠法令制度，维护天下的法令制度依靠官吏。官吏不称职，那么即使有法令制度也不能坚守。法令制度不完善，即使有财力也无法管理。有财力却不能管理，那么乡村城镇的贱民，都可以私自把持买卖出入的权力，擅自垄断物资财富，以此跟皇上争夺百姓，而放纵他们无穷无尽的欲望。并不是一定要地位显贵、权势强大才能这样。这样一来，天子还算没有失去民众，大概只是保留了一个名号而已。皇上即使只想吃蔬菜、穿破衣，忙得身体疲乏不堪，累得心情愁闷，期望求得天下富足，而安于我朝之政，我认为仍然难以办到。那么完善朝廷的法律，并且选拔贤能的官吏坚守它，以便管理天下的财政，即使是上古时代的尧、舜，也不能不首先把它作为当务之急，更何况后世动荡不安的时代呢！

三司副使，是当今的重要官员，为此朝廷赐给他显贵的地位、优厚的待遇，可谓应有尽有。如今管理财政的法令有不完善的地方，他有权在朝廷上予以议论并且有权加以修改。不只是应当维护现成的法令制度，严格管理财政收支，而履行平常事务性责任而已。三司副使的职责既是这样，那么担任这项职务的人的贤能或者不肖，给天下带来的利害将如何呢？考察每届任职的官员，根据他们在位的时间，来求得他当时采取的措施在今天的实际效果，从而考察他辅助皇上管理财政的方法，那么这个人究竟贤能还是不肖，以及当时的政局安定还是混乱，我们坐在这里就看得很清楚了。这大概就是吕君镌刻题名录的意图吧。

泰州海陵县主簿许君墓志铭

本篇是为一位下层官吏写的墓志铭。许平官职虽低，却才智不凡，“辩足以移万物”，“谋足以夺三军”。他又得达官显贵的赏识举荐，自己又并非不热衷功名。但令人不解的是，他仍然沉沦下僚，终生失意。作者对墓主的怀才不遇深表同情，而又对他的失意表示大惑不解。显然，作者并非不知道许平失意的原因，而故作不解，婉转有力地揭露了当时社会埋没人才，用人制度极其荒唐。当然，作为墓志铭，赞扬墓主的才能，有时难免会有溢美之词，许平是否具有作者所说的才干暂且不论，文中所披露优异人才受到压抑的现象，却是封建社会的通病，具有典型意义。此文夹叙夹议，感慨颇深，文字简练而笔带感情。

君讳平[①]，字秉之，姓许氏。余尝谱其世家[②]，所谓今泰州海陵县主簿者也[③]。君既与兄元相友爱称天下[④]，而自少卓荦不羁[⑤]，善辩说，与其兄俱以智略为当世大人所器[⑥]。宝元时[⑦]，朝廷开方略之选[⑧]，以招天下异能之士[⑨]，而陕西大帅

范文正公、郑文肃公争以君所为书以荐[10]，于是得召试[11]，为太庙斋郎[12]，已而选泰州海陵县主簿[13]。

贵人多荐君有大才，可试以事，不宜弃之州县。君亦尝慨然自许，欲有所为。然终不得一用其智能以卒。噫！其可哀也已！

士固有离世异俗[14]，独行其意，骂讥、笑侮、困辱而不悔，彼皆无众人之求，而有所待于后世者也，其龃龉固宜[15]。若夫智谋功名之士[16]，窥时俯仰[17]，以赴势物之会[18]，而辄不遇者[19]，乃亦不可胜数。辩足以移万物，而穷于用说之时[20]；谋足以夺三军[21]，而辱于右武之国[22]，此又何说哉？嗟乎！彼有所待而不悔者，其知之矣！

君年五十九，以嘉祐某年某月某甲子[23]，葬真州之扬子县甘露乡某所之原[24]。夫人李氏。子男瓌[25]，不仕；璋，真州司户参军[26]；琦，太庙斋郎；琳，进士。女子五人，已嫁二人，进士周奉先、泰州泰兴令陶舜元。

铭曰[27]：有拔而起之，莫挤而止之。呜呼许君！而已于斯[28]，谁或使之？

① 讳：书写死者名字，在名字前用一“讳”字，表示尊敬。 ② 谱：编写家谱。王安石著有《许氏世谱》。 ③ 泰州：州名，治所在海陵县（今江苏泰州）。主簿：知县属官，掌管文书簿籍。 ④ 兄元：许平之兄许元，字子春，曾知泰州。 ⑤ 卓荦（luò）：才能出众。不羁（jī）：不受时俗约束。 ⑥ 大人：地位显贵的人物。器：器重。 ⑦ 宝元：宋仁宗年号（1038—1040）。 ⑧ 方略之选：宝元二年，仁宗诏令朝廷中的大臣推荐方略材武之士，经过考试定等，授予官职。 ⑨ 异能：才干优异。 ⑩ 陕西：宋代路名，治所在京兆府（今陕西西安）。范文正公：范仲淹，字希文，苏州吴县（今属江苏）人，曾任陕西四路安抚使，谥号“文正”。郑文肃公：郑戬（jiǎn），字天休，吴县人，曾任陕西四路都总管兼经略、招讨使。谥号“文肃”。 ⑪ 召试：奉召应试。 ⑫ 太庙斋郎：官名，掌奉宗庙诸陵供奉之事。太庙：皇帝祖庙。 ⑬ 已而：不久后。 ⑭ 离世异俗：超越现实，不同于世俗。 ⑮ 龃龉（jǔ yǔ）：本指牙齿不齐，后引申为特指不遇于时。 ⑯ 若夫：至于。 ⑰ 俯仰：周旋，应付。 ⑱ 势物：权势财富。 ⑲ 辄：往往，总是。 ⑳ 穷：困顿。 ㉑ 三军：周时诸侯大国设三军，泛指大军。 ㉒ 右武：崇尚武功军事。 ㉓ 某甲子：某日，古代以干支相配记日。 ㉔ 真州：治所在扬子县（今江苏仪征）。原：原野。 ㉕ 子男：儿子。 ㉖ 司户参军：知州属官，掌民户事。 ㉗ 铭：铭文。古代墓志铭，无韵的部分为墓志，有韵的部分为铭。 ㉘ 已：完结。斯：这里。

翻译

君名平，字秉之，姓许。我曾经编写过他的家谱，他就是家谱中所说的现在任泰州海陵县主簿的那位。许君与哥哥许元相互友爱，为天下人所称赞，并且青年时代就才智出众，不受世俗约束，擅长辩论，同哥哥一起因富有智谋而被当代的公卿显贵所器重。宝元年间，朝廷开设方略科，借以选拔天下具有特殊才能的人士。陕西路大帅范文正公、郑文肃公争先将许君写的文章向朝廷举荐，于是许君被征召到京城参加考试，做了太庙斋郎。不久又选任泰州海陵县主簿。

很多显贵人物都向上推荐，认为许君有杰出才能，可以用重要的职务来测试他，而不应该将他弃置于州县。许君也曾经慷慨激昂地称许自己，希望有所作为。然而最终也没有机会展示一下自己的才能，就去世了。唉！这真是可悲呵！

士人中本来就有超越时代，不同时俗，独自按照自己的意志行事，受到世人的责骂、讥讽、嘲笑、欺侮，以至于困顿羞辱而不悔恨的。他们没有普通人对欲望的追求，而对后世却有所期待。他们不合时宜以致仕途不遇，是理所当然的。至于那些富有智谋、热衷功名的士人，他们窥伺时机，随机应变，以追求权势富贵的机遇，但他们也往往无所遇合，这种人也多得数不清。雄辩的才能足以改变世上万物，却在重用辩才的时代困顿失意；谋略足以夺取三军，却在崇尚军事的国家里屈辱潦倒。这种事又如何解释呢？唉！那些对后世有所期待，即使穷困也不悔恨的人，大概知道其中的原因吧！

许君终年五十九岁，于嘉祐某年某月某日安葬在真州扬子县甘露乡某地的原野上。夫人李氏。长子许瓌，没做官；次子许璋，任真州司户参军；三子许琦，任太庙斋郎；四子许琳，是进士。女儿五人，已有二人出嫁，女婿是进士周奉先、泰州泰兴县知县陶舜元。

铭文说：有人提拔而起用他，无人排挤而阻碍他。唉！许君，却终止在这么小的官职上，是谁造成这种情况的呢？

本朝百年无事札子

熙宁元年(1068),宋神宗继位,面临经济状况恶化、政治危机加剧、国势日益衰颓的局面,年轻的皇帝企望扭转颓势,改良政治,干一番事业。神宗对政绩卓越、颇富才干又勇于改革的王安石十分赏识,将他从江宁调回京城,当面征询治国之策。王安石退朝后,觉得言犹未尽,写出这篇札子上奏皇帝。前半部分回顾宋朝百年太平的历史,着重介绍仁宗的政绩,赞扬他宽厚仁慈,但也含蓄地指出他因循守旧,软弱无能,以致造成冗军冗费、积弱积贫的局面。后半部分则正面指出时政的种种弊端,讨论的问题十分广泛,几乎包容了朝政所有的重大问题。这篇札子可以看成是王安石后来实行变法的宣言书。这是王安石论说文中的代表作之一。首先,它体现了作者的性格特征,"风格即人",作者具有强烈的责任感,又具有开阔的政治视野,对当时社会的剖析入木三分,表现出杰出政治家的良好素质。其次,文风峭拔凌厉,具有不可移易之势。文中列举社会弊端,多用排比句式,表现了问题的急迫性和严重性。

臣前蒙陛下问及本朝所以享国百年[①],天下无

事之故。臣以浅陋，误承圣问。迫于日晷[2]，不敢久留，语不及悉[3]，遂辞而退。窃惟念圣问及此，天下之福，而臣遂无一言之献，非近臣所以事君之义，故敢昧冒而粗有所陈[4]。

伏惟太祖躬上智独见之明[5]，而周知人物之情伪[6]。指挥付托，必尽其材；变置施设，必当其务。故能驾驭将帅，训齐士卒[7]，外以捍夷狄[8]，内以平中国。于是除苛赋，止虐刑，废强横之藩镇[9]，诛贪残之官吏，躬以简俭为天下先。其于出政发令之间，一以安利元元为事[10]。太宗承之以聪武[11]，真宗守之以谦仁[12]，以至仁宗、英宗[13]，无有逸德[14]。此所以享国百年，而天下无事也。

仁宗在位，历年最久。臣于时实备从官[15]，施为本末[16]，臣所亲见。尝试为陛下陈其一二，而陛下详择其可，亦足以申鉴于方今。

伏惟仁宗之为君也，仰畏天，俯畏人；宽仁恭俭，出于自然；而忠恕诚悫[17]，终始如一。未尝妄兴一役，未尝妄杀一人。断狱务在生之[18]，而特恶吏之残扰[19]。宁屈己弃财于夷狄[20]，而不忍加兵。刑平而公，赏重而信。纳用谏官御史[21]，公听并观[22]，而不蔽于偏至之谗[23]；因任众人耳目[24]，拔举疏远，而随之以相坐之法[25]。盖监司之吏[26]，以至州县，无敢暴虐残酷，擅有调发[27]，以伤百姓。自夏人顺服[28]，蛮夷遂无大变，边人父子夫妇，得免于兵死，而中国之人，安逸蕃息[29]，以至今日者。未尝妄兴一役，未尝妄杀一人，断狱务在生之，而特恶吏之残扰，宁屈己弃财于夷狄，而不忍加兵之效也。大臣贵戚[30]，左右近习[31]，莫敢强横犯法，其自重慎，或甚于闾巷之人，此刑平而公之效也。募天下骁雄横猾以为兵[32]，几至百万，非有良将以御之[33]，而谋变者辄败；聚天下财物，虽有文籍，委之府史，非有能吏以钩考[34]，而断盗者辄发[35]；凶年饥岁，流者填道，死者相枕[36]，而寇攘者辄得[37]，此赏重而信之效也。大臣贵戚，左右近习，莫能大擅威福，广私货赂，一有奸慝[38]，随辄上闻；贪邪横猾，虽间或见用，未尝得久，此纳用谏官御史，公听并观，而不蔽于偏至之谗之效也。自县令京官，以至监司台阁[39]，升擢之任[40]，虽不皆得人，然一时之所谓才士，亦罕蔽塞而不见收举者[41]，此因任众人之耳目，拔举疏远，而随之以相坐之法之效也。升遐之日[42]，天下号恸，如丧考妣[43]，此宽仁恭俭，出于自然，忠恕诚悫，终始如一之效也。

然本朝累世因循末俗之弊[44]，而无亲友群臣之议。人君朝夕与处，不过宦官女子[45]，出而视事，又不过有司之细故[46]，未尝如古大有为之君，与学士大夫讨论先王之法，以措之天下也。一切因任自然之理势，而精神之运[47]，有所不加，名实之间，有所不察。君子非不见贵，然小人亦得厕其间[48]；正论非不见容，然邪说亦有时而用。以诗赋记诵求天下之士[49]，而无学校养成之法；以科名资历叙朝廷之位[50]，而无官司课试之方[51]。监司无检察之人，守将非选择之吏，转徙之亟[52]，既难于考绩，游谈之众[53]，因得以乱真。交私养望者[54]，多得显官；独立营职者，或见排沮。故上下偷惰取容而已[55]，虽有能者在职，亦无以异于庸人。农民坏于徭役，而未尝特见救恤，又不为之设官，以修其水土之利；兵士杂于疲老，而未尝申饬训练[56]，又不为之择将，而久其疆埸之权[57]。宿卫则聚卒伍无赖之人，而未有以变五代姑息羁縻之俗[58]；宗室则无教训选举之实，而未有以合先王亲疏隆杀之宜[59]。其于理财，大抵无法，故虽俭约而民不富，虽忧勤而国不强。赖非夷狄昌炽之时[60]，又无

尧汤水旱之变[61]，故天下无事，过于百年。虽曰人事，亦天助也。盖累圣相继[62]，仰畏天、俯畏人，宽仁恭俭，忠恕诚悫，此其所以获天助也。

伏惟陛下躬上圣之质，承无穷之绪[63]，知天助之不可常恃，知人事之不可怠终[64]，则大有为之时，正在今日。臣不敢辄废将明之义[65]，而苟逃讳忌之诛[66]。伏惟陛下幸赦而留神[67]，则天下之福也。取进止[68]。

---

① 享国：统治国家。百年：宋太祖建国至当时共108年。 ② 日晷(guǐ)：依日影移动测定时间的仪器。这里指时间。 ③ 悉：详尽。 ④ 昧冒：冒昧。 ⑤ 太祖：宋太祖赵匡胤。上智：最高智慧。 ⑥ 周知：完全知道。 ⑦ 训齐：训练整顿。 ⑧ 夷狄：指当时的契丹、党项等民族。 ⑨ 藩镇：唐玄宗时在全国边要诸州设节度使，总揽当地军政大权，通称藩镇。后藩镇割据，不听中央节制，成为唐王朝衰落灭亡的主要原因。宋初，皇帝收回兵权，削除藩镇。 ⑩ 元元：百姓。 ⑪ 太宗：赵匡义，在位二十二年。 ⑫ 真宗：赵恒，在位二十五年。谦仁：谦和仁爱。 ⑬ 仁宗：赵祯，在位四十一年。英宗：赵曙，在位四年。 ⑭ 逸德：失德，过错。 ⑮ 从官：仁宗朝，王安石曾知制诰，为皇帝起草命令文告，是侍从官。 ⑯ 本末：原委，经过。 ⑰ 诚悫(què)：诚恳，诚实。 ⑱ 断狱：审判案件。生之：使人活下来。 ⑲ 恶(wù)：憎恶。残扰：残酷侵扰。 ⑳ 弃财于夷

狄：宋朝每年都要向辽国、西夏献纳大量财物，以求边界安宁。㉑ 谏官：执掌劝谏皇帝的官员。御史：执掌纠察百官的官员。㉒ 公听并观：公正地听取，全面地考察。 ㉓ 偏至之谗：偏颇不正的谗言。 ㉔ 因任：依靠。 ㉕ 相坐：一人犯法，株连荐举他的人。㉖ 监司：指监察机关。 ㉗ 调发：征调，分派。 ㉘ 夏人：指西夏国，在今甘肃、宁夏一带。 ㉙ 蕃息：人口繁衍增长。 ㉚ 贵戚：皇亲国戚。 ㉛ 左右近习：皇帝身旁的亲近的人。 ㉜ 骁（xiāo）勇：威武勇猛。横猾：强横狡猾。 ㉝ 御：统率，管理。 ㉞ 钩考：查考核实。 ㉟ 断盗：一作欺盗，贪污侵吞。 ㊱ 相枕：一个压着一个，形容极多。 ㊲ 寇攘：劫掠抢夺。 ㊳ 奸慝（tè）：奸诈。 ㊴ 监司：各地监察机关。台阁：尚书省，此指朝廷内各种官府机构。㊵ 升擢（zhuó）：晋升，提拔。 ㊶ 蔽塞：埋没。收举：收纳提拔。㊷ 升遐：古代称皇帝死为升遐。 ㊸ 考妣（bǐ）：古时父亲死后称考，母亲死后称妣。 ㊹ 末俗：没落世道的风俗。 ㊺ 女子：指皇宫中的后妃宫女。 ㊻ 细故：琐细之事。 ㊼ 精神之运：主观努力。㊽ 厕：厕身，参与。 ㊾ 诗赋记诵求天下之士：宋代科举考试以写作诗赋，背诵经义为主要内容。王安石变法，一度取消诗赋考试。㊿ 科名：科举名目，如进士、明经之类。资历：任职年限。叙：排名次序。 51 课试：考察测试官吏政绩。 52 转徙：官职调动。亟（qì）：频繁。 53 游谈：浮夸言论。 54 交私养望：私下交结培殖声誉。55 取容：讨好取悦。 56 申饬（chì）：整顿。 57 疆埸（yì）：边防。58 五代：北宋前后梁、后唐、后晋、后汉、后周五个朝代。羁縻（mí）：笼络。 59 隆杀：优待削减。 60 赖：幸，有幸于。昌炽：强盛。61 尧汤水旱之变：传说帝尧时洪水泛滥九年，商汤时大旱七年。

㊷ 累(lǚ)圣：敬称宋初几代皇帝。 ㊸ 无穷之绪：指无穷尽的帝业。 ㊹ 怠终：疑当作“终怠”，以与常恃对应。 ㊺ 将明：语出《诗经·大雅·烝民》：“肃肃王命，仲山甫将之。邦国若否，仲山甫明之。”将：实行。明：明辨。 ㊻ 苟：苟且。诛：责罚。 ㊼ 留神：留意，重视。 ㊽ 取进止：古代奏疏结尾用的套语，意思是请裁决定夺。

翻译

臣先前承蒙皇帝陛下问及本朝开国百余年来，天下太平无事的原因。臣浅陋无知，有负于陛下的垂询。由于时间紧迫，不敢长时间逗留，因而有许多话来不及详细叙说，就告辞退朝了。私下暗想，皇帝问到这个事情，是国家的福气，而我却没有贡献只言片语，这不是侍从大臣供奉君主应有的态度，所以我敢于冒昧上书，粗略地陈述我的看法。

我想太祖本身富有最高智慧和独到见解，全面了解各类人物的真假虚实。指挥军事，委派人员，务必做到人尽其才；措施法令的改变或设置，一定要符合形势变化的要求。所以能够统率将帅，整顿训练士卒，对外抵抗异族侵扰，对内统一安定国家。于是免除繁重的赋税，废止残酷的刑罚，铲除强横的藩镇，惩办贪残的官吏。亲自厉行节俭，为天下人作出表率。当他制订政策发布命令时，总是以安抚、有益百姓为目的。太宗凭借聪慧英武继承帝业，真宗凭着谦和仁爱守成帝业，到了仁宗、英宗时，他们也没有什么过失。这就是建国百余年来，天下太平无事的原因。

仁宗在位时间最长。我当时忝居侍从，朝政实施的来龙去脉，是我亲眼看见的。现在试着为皇帝陈述一二，请皇上仔细考虑，选择其中可行的，也足以作为今天朝政的借鉴。

仁宗作为一位君主，上敬畏天命，下警惕人事；宽容仁慈，谦恭俭朴，出于自然；并且厚道诚恳，体谅人情，始终如一。没有任意兴建一项工程，没有随意杀过一人。审理判决案件，尽量为罪犯留条活路，尤其憎恶官吏执法时残酷侵扰百姓。宁肯委曲求全，将财物送给异族，而不忍心用武力对付他们。刑律平缓而且公道，奖赏优厚而且信守诺言。采纳谏官、御史的建议，公正不偏地听取意见，全面周详地予以考察，而不受偏颇谗言的蒙蔽；依靠朝廷百官的耳目之力，选拔关系疏远的人才，同时实行推荐人必须承担责任的法则。从各路监察官员到各地州县官吏，不敢暴虐残酷，擅自征调民力，从而伤害百姓。自从西夏顺服以来，边境异族于是没有大的动乱，边地人民父子夫妇得免于因战乱而死，中原百姓也能安定度日，繁衍子孙，直到如今。其原因就是没有任意兴建一项工程，没有随意杀过一人，审理判决案件，尽量为罪犯留条活路，尤其憎恶官吏执法时残酷侵扰百姓，宁肯委曲求全，将财物送给异族，而不忍心用武力对付他们的效果。文武大臣、皇亲国戚、身边亲信，没有人敢强横犯法，他们行事慎重，有些甚至超过里巷中的平民百姓，这些都是刑律平缓而且公道的效果。招募天下勇猛雄壮、强横奸诈的人当兵，近百万人，并无优秀的将领统率管理他们，但阴谋叛变者立即败亡；聚集天下的财产物资，虽然有文书账簿，交给管理的官员经办，而没有能干的官吏检查核实，可是贪污侵吞的事件总是暴露出来；灾异饥荒的年份，流离失所的人填满道路，到处是饿死的尸体，可是抢劫财物的人往往被抓获，这就是奖赏优厚而且信守诺言的效果。文武大臣，皇亲国戚，身边亲信，没有人擅自作威作福，大肆侵占财物，一有奸邪之事，随即报告朝廷；贪婪邪恶、强横奸诈之流，虽然有时被任用，但是从来没有长久过，这就是采纳谏官、御史的建议，公正不偏地听取意见，全面周详地予以考察，而不受偏颇谗言蒙蔽的效果。从地方知县、京城官吏，到各路监察机关、中央各官府机构，晋升任用的官员，虽然不是全部称职，但是当时才能出众的人士，也很少有被埋没而不被任用的，这就是依靠朝廷百官的耳目之力，选拔关系疏远的人才，同时实行推荐人必须承担责任的法则的效果。仁宗皇帝驾崩升天之日，天下臣民痛哭悲悼，就像死了父母一样，这就是宽容仁慈、谦恭俭朴、出于自然、忠诚宽恕、厚道诚恳、始终如一的效果。

然而本朝历代承袭没落世道陋俗的弊端，却不见亲友群臣进行议论批评。君主一天到晚，不过是跟那些太监、宫女相处，出宫处理政事，又不过是审各部门的琐细事务，不能像古代那些大有作为的君主那样，与学士、大夫一起探讨先王的法律制度，从而推行于天下。一切事情任其自然变化，而不作主观努力；表面名分和实际效果，不加辨察。有道君子虽然也被重用，但是奸诈小人也混进朝廷;正确言论虽然也被接受,但是奸邪言谈也有时被采用。以写作诗赋记诵经义来寻求天下的才士,而没有通过学校培养人才的方法;以科举名目和任官的资历来安排在朝廷任职的地位,而没有考察测试官员的方法。各路监司没有胜任检察的人员,镇守的将领不是经过选择的官员,调动频繁,官吏的政绩既不容易考察,而浮夸的言谈,又因此搅乱真实情况。私下结交互相吹捧从而树立声望的人,大多得到高官;有独立主见尽心公务的人,或许被排挤压制。所以朝廷大小官员懒惰苟且取悦上司而已。即使有贤能人士担任官职,也同一般庸人没有差别。农民被徭役所困扰,而未曾被特别救济抚恤,又不为农事设立官员,以便修建水土工程;士兵中有不少疲乏衰老的人,而从未被整顿训练,又不为他们挑选良将,让将领长时间掌握边疆防务大权。皇宫卫队聚集了行伍中的无赖之徒,而没有改变五代时对武夫姑息笼络的不良风俗;对皇家宗室没有教训选拔的措施,又缺乏符合先代圣王根据亲疏关系优待或削减俸禄的方法。对于整顿财政,大抵没有法规,所以虽然节俭而百姓不富裕,虽然忧虑勤苦而国家不富强。幸好如今不是异族强盛的时候,又没有尧、汤时的水旱灾患,所以天下太平无事,超过了百年。虽说治国是人事,也是上天的帮助。大概是先前历代皇帝上敬畏天,下警惕人,宽容仁慈,谦恭节俭,忠诚宽恕,厚道诚恳,体谅人情,这便是获得上天帮助的原因。

陛下具有最圣明的禀赋,继承没有穷尽的帝业,懂得上天帮助不可以长期依赖,懂得人事不可以始终懈怠,那么大有作为的时代,就在今天。我不敢废止大臣实施王命辨明是非的职责,而苟且回避朝廷忌讳之事以免受到责罚。希望皇帝陛下宽赦我的罪过而留意以上意见,那么就是天下臣民的福气。希望皇帝裁决定夺。

进戒疏

本文是熙宁二年(1069)王安石上给即位一年的宋神宗(赵顼)的一封奏疏。作者受到年轻皇帝的信任,官居显要,执掌朝政,正准备进行变法,以期改良政治,富国强兵。同时又殷切期望皇帝节制欲望,励精图治,从而形成明君贤臣的政治局面。文章引述古代圣人贤君的事例,论证不近声色、不贪财货是贤明君主的必备素质。论述了君主不克制情欲、不自重自爱的严重后果。在家天下的封建社会里,皇帝个人的开明或昏庸,对国家的兴衰,确有举足轻重的影响。王安石懂得这一道理。他明白正积极筹划的变法事业要取得成功,皇帝的作用是一大关键。在文章中,作者从正反两个方面反复论说皇帝戒纵欲贪财的重要意义,明辨事理,具有很强的说服力。

臣某昧死再拜上疏皇帝陛下[1]:

臣窃以为陛下既终亮阴[2],考之于经,则群臣进戒之时,而臣待罪近司[3],职当先事有言者也。窃闻孔子论为邦[4],先放郑声[5],而后曰远佞

人[6]；仲虺称汤之德[7]，先不迩声色[8]，不殖货利[9]，而后曰用人惟己。盖以谓不淫耳目于声色玩好之物，然后能精于用志；能精于用志，然后能明于见理；能明于见理，然后能知人；能知人，然后佞人可得而远，忠臣良士，与有道之君子，类进于对[10]，有以自竭[11]。则法度之行，风俗之成，甚易也。若夫人主虽有过人之材，而不能早自戒于耳目之欲，至于过差以乱其心之所思[12]，则用志不精；用志不精，则见理不明；见理不明，则邪说诐行[13]，必窥间乘殆而作[14]。则其至于危乱也，岂难哉？

伏惟陛下即位以来[15]，未有声色玩好之过闻于外。然孔子圣人之盛，尚自以为七十而后敢从心所欲也[16]；今陛下以鼎盛之春秋[17]，而享天下之大奉，所以惑移耳目者为不少矣，则臣之所豫虑，而陛下之所深戒，宜在于此。

天之生圣人之材甚吝[18]，而人之值圣人之时甚难。天既以圣人之材付陛下，则人亦将望圣人之泽于此时[19]。伏惟陛下自爱以成德，而自强以赴功[20]，使后世不失圣人之名，而天下皆蒙陛下之泽，则岂非可愿之事哉？

臣愚不胜惓惓[21]，惟陛下恕其狂妄，而幸赐省察[22]！

---

① 昧死：冒死。这是臣子上疏皇帝时的套话，犹言大胆。 ② 亮阴：皇帝居丧。 ③ 待罪：担任官职的自谦之词。近司：接近皇上的官府。 ④ 为邦：治理国家。 ⑤ 放：放逐，指排斥。郑声：《诗经》中的郑风多为男女相悦的情歌，被后世道学家斥为"淫声"。 ⑥ 佞(nìng)人：奸诈小人。 ⑦ 仲虺(huǐ)：商王成汤的左相。《尚书·仲虺之诰》中，仲虺称赞成汤不近声色，不贪财货。 ⑧ 迩(ěr)：近。⑨ 殖：增长，这里指生财谋利。 ⑩ 类：类似，此处指志同道合者。进：选拔晋升。 ⑪ 有以自竭：意思是因此而充分发挥各自才能。⑫ 过差：过失，差错。 ⑬ 诐(bì)行：偏颇不正的行为。 ⑭ 间(jiàn)：空隙。殆：同"怠"，松懈。 ⑮ 伏惟：古代臣子奏疏中的套语。 ⑯ 七十而后敢从心所欲：见《论语·为政》："七十而从心所欲，不逾矩。" ⑰ 鼎盛：兴盛，壮盛。春秋：年岁。 ⑱ 吝：稀少，难得。 ⑲ 泽：恩惠。 ⑳ 赴功：犹言成功。 ㉑ 惓(quán)惓：忠心耿耿的样子。 ㉒ 省(xǐng)察：审查。

翻译

臣某某冒死再三礼拜敬呈奏疏上皇帝陛下：

臣个人认为，如今陛下已经结束了居丧之礼，查考经典，正是朝中百官进言提出忠告的时候。臣忝居近侍大臣之位，按理应当事先有所进言。我听说，孔子议论治国方针，首先要排斥曲调妖冶淫荡的郑国音乐，然后才说疏远奸诈的小人。仲虺称颂成汤的德行，先赞扬他不接近音乐女色，不贪图财货，然后才说他用人如同相信自己。大概他们认为：不让耳目沉溺于声色犬马、金银珠宝之中，然后才能集中精力，勤于思考；能集中精力，勤于思考，然后才能明白事理；能明白事理，然后才能识别各种人；能识别各种人，然后奸诈小人才能远离朝廷，忠臣贤良和有道德修养的君子，这些志同道合的贤人就能选拔出来得到晋升，并因此充分发挥他们的才智。这样一来，实施法律制度，改良社会风气，就很容易了。倘若君主虽然具有超过常人的才智，但是不能及早节制耳目感官方面的欲望，以至于过分纵欲而导致心志混乱，那么就不能集中精力、勤于思考；不能集中精力、勤于思考，那么就不能明白事理；不能明白事理，那么奸邪的言论、偏颇的行为，一定会窥伺空隙，乘人松懈而兴风作浪。这样一来，国家陷于危险动乱的境地，难道不是很容易的事吗？

陛下从即位以来，还没有沉溺声色犬马、金银玩好的过失传出宫外。然而，像孔子如此伟大的圣人，尚且自认为过了七十岁才敢随心所欲。现在陛下正当年轻壮盛时期，又享受天下最优厚的供奉，容易使陛下耳目迷惑、心神摇荡的嗜好玩乐肯定不少。那么臣预先所担心的，同时陛下应该深为戒备的，正是这些方面。

上天降生圣人这种资质是很稀少的，而人们遇上圣人的时代也是很难得的。上天既然将圣人的资质赋予陛下,那么当代人也就期望得到圣人的恩惠。希望陛下珍重自己,修养高尚的德行,自强不息成就伟大的功业,使您在身后永不失去圣人之名,而天下臣民都能蒙受陛下的恩泽,这难道不是人们所期望的事吗?

臣愚笨不能尽情表达心中的忠忱,祈求陛下原谅我大胆狂妄,希望陛下加以明察。

答司马谏议书[①]

本篇是王安石政论文的代表作。王安石变法一开始就遭到许多大臣的反对，熙宁三年二月，司马光上疏神宗，要求废止新法，同时又连续三次写信给王安石，指责新法“骚扰百姓”，使“谤议沸腾，怨嗟盈路”。认为王安石设立“制置三司条例司”（变法的决策机构）是侵夺了原先三司使等官员的职权；派遣官员到各地推行新法是生事扰民；实行青苗、均输等法是与民争利；不接受反对派的意见是拒谏。要求王安石袭故守常，废新复旧。王安石针对司马光的指责逐条批驳，但并不详列事实，为自己辩解，而是先辩明概念与实际的区别，以高屋建瓴之势，申明变法是“举先王之政”，“受命于人主”，“修之于朝廷”，“为天下理财”，而不是图谋私利。然后又用盘庚迁殷而卒兴殷室的典故，说明施政的是非并不以反对派的多寡而定。全文简洁而笔法富于变化，写得精悍劲峭，雄健凌厉，具有极强的论辩力量。充分表现了王安石傲岸倔强、刚直自信的性格和力排众议、坚定不移地推行新法的鲜明态度。

① 司马谏议：指司马光，当时司马光官右谏议大夫。司马光（1019—1086），字君实，陕州夏县（今属山西）人。仁宗朝进士及第，历仕仁

宗、英宗、神宗三朝。哲宗即位后，出任宰相，尽废新法，执政数月即病逝。他是反对变法的保守派领袖人物。曾主持编纂《资治通鉴》，对于中国史学有杰出贡献。

某启[①]，昨日蒙教[②]，窃以为与君实游处相好之日久[③]，而议事每不合，所操之术多异故也[④]。虽欲强聒[⑤]，终必不蒙见察[⑥]，故略上报[⑦]，不复一一自辨。重念蒙君实视遇厚[⑧]，于反复不宜卤莽[⑨]，故今具道所以冀君实或见恕也[⑩]。

盖儒者所争，尤在于名实[⑪]，名实已明，而天下之理得矣。今君实所以见教者，以为侵官、生事、征利、拒谏[⑫]，以致天下怨谤也。某则以为受命于人主[⑬]，议法度而修之于朝廷[⑭]，以授之有司[⑮]，不为侵官；举先王之政[⑯]，以兴利除弊，不为生事；为天下理财，不为征利；辟邪说[⑰]，难壬人[⑱]，不为拒谏。至于怨诽之多[⑲]，则固前知其如此也[⑳]。人习于苟且非一日[㉑]，士大夫多以不恤国事[㉒]，同俗自媚于众为善[㉓]。上乃欲变此[㉔]，而某不量敌之众寡，欲出力助上以抗之，则众何为而不汹汹然[㉕]？盘庚之迁[㉖]，胥怨者民也[㉗]，非特朝廷士

大夫而已[28]；盘庚不为怨者故改其度[29]，度义而后动[30]，是而不见可悔故也[31]。如君实责我以在位久，未能助上大有为，以膏泽斯民[32]，则某知罪矣；如曰今日当一切不事事[33]，守前所为而已，则非某之所敢知。

无由会晤[34]，不任区区向往之至[35]。

---

① 某：作者自称。古人起草书信时，为省事，以“某”代本名，正式写信时，仍书本名。 ② 蒙教：承蒙指教，这里指收到来信。 ③ 窃：私下，谦词。游处：交游，相处。日久：司马光给王安石的第一封信中有“自接待以来十有余年，屡尝同僚”之语，司马光在仁宗朝曾与王安石同为群牧判官，故有此言。 ④ 所操之术：指学术政治主张和使用的手段方法。 ⑤ 强聒（guō）：强辩。聒：语声嘈杂。 ⑥ 见察：被了解。 ⑦ 上报：书信的客气语。王安石在收到司马光第一封信后，曾简略地写了回信，本篇是收到司马光第二封信之后的复信。 ⑧ 重念：再三考虑。视遇：看待。 ⑨ 反复：书信往来。卤莽：简单草率。 ⑩ 具道所以：详细地说明理由。 ⑪ 名实：名义（概念）和实际。 ⑫ 侵官：侵夺了原主管部门的职权。司马光认为变法的决策机构“制置三司条例司”侵夺了原先的盐铁、户部、度支三司使的权力。生事：骚扰百姓。司马光《与王介甫第一书》中指责变法“使上自朝廷，下及田野，内起京师，外周四海，士吏兵农工商僧道无一人得袭故而守常者，纷纷扰扰，莫安其居”。征利：指青苗

法、均输法等征收息钱与税款是朝廷聚敛财富，与民争利。拒谏：拒绝批评意见。 ⑬ 人主：皇帝，指神宗。 ⑭ 议：研究讨论。⑮ 有司：政府机构中的主管部门。 ⑯ 举：兴办，推行。先王：指尧舜禹汤、周文王、周武王等儒家心目中的古代贤君。 ⑰ 辟：批评，驳斥。 ⑱ 难：责问，问难。壬（rén）人：佞人，以花言巧语谄媚别人的人。 ⑲ 怨诽之多：司马光《与王介甫第一书》中有“今介甫从政始期年，而士大夫在朝廷及四方来者，莫不非议介甫，如出一口。下至闾阎细民，小吏走卒，亦窃窃怨叹，人人归咎于介甫”等语。虽为司马光夸张之辞，但亦可见反对派人数众多。 ⑳ 前知：事前就预料到的。 ㉑ 苟且：安于现状，得过且过。 ㉒ 恤：忧虑。 ㉓ 同俗：附和世俗之见。自媚于众：向众人献媚，讨好大家。 ㉔ 上：指神宗赵顼。 ㉕ 汹汹然：大吵大闹的样子。 ㉖ 盘庚之迁：盘庚是商王朝中期的君主，当时商朝都城在黄河北，常有水灾，盘庚遂将都城迁徙到亳地（今河南偃师）。 ㉗“胥怨者”句：《史记·殷本纪》载，盘庚迁都时，“殷民咨胥皆怨，不欲徙”。盘庚出文告申述迁都理由，说服了百姓。胥：与，相与。 ㉘ 非特：非但，不只是。 ㉙ 度：计划。 ㉚ 度（duó）：考虑，衡量。 ㉛ 是：（认为）正确。 ㉜ 膏泽：这里作动词用，施恩泽的意思。 ㉝ 事事：做事，这里指实施改革。前一“事”字作动词用，后一“事”字为名词。 ㉞ 无由：没有机会。 ㉟ 不任：不胜。区区：微小，谦词。

翻译

安石启：昨天承蒙您来信赐教，我认为与您相处互相友爱已经很长时间了，但是我们二人对于国家政事的意见往往不一致，这是因为我们所采取的主张不同的缘故。虽然想再勉强解释，最终一定不会被您了解，所以上次只是简略地回复了一封信，不再一一为自己解释。但又考虑到承蒙您那样看重我，我对于书信的往来不应该草率，所以现在详细地说明原因，希望或许能得到您的谅解。

大凡读书人所争辩的，最重要的是名义和实际，名义和实际都弄清楚了，那么天下的道理也就弄清了。现在您指教我的，是说我侵夺了主管官员的职权，生事扰民，征敛财富，不听劝告，以至于弄得天下人都怨怒诽谤。我却认为接受了皇帝的命令，拟定了法令制度又在朝廷上修订，然后交给有关的官员去执行，这不能算是侵夺了主管官员的职权；推行古代贤王的政治措施，用来兴利除弊，这不能算是骚扰百姓；替整个国家治理财政，不能算是征敛财富；排斥不正确的言论，反驳花言巧语善于诡辩的人，不能算是拒绝劝告。至于对我的怨怒诽谤有那样多，那本来就是在预料之中的。人们习惯于得过且过地生活已经不是一天两天了，士大夫都把不关心国事、附合流俗、向众人讨好作为好的品德，皇上于是想改变这种风气，而我又不仔细估量反对的人有多少，一心想出力帮助皇上对抗那些反对改革的人，那么众人怎么会不大吵大闹呢？盘庚决定迁徙国都时，怨怒的是老百姓，并不只是朝廷士大夫而已，盘庚不因为有人反对就改变他原先的计划，这是因为他考虑到迁都的决定是合适的，然后才采取行动，认为自己做得对,而没有什么可后悔的缘故。如果您责备我主持政务已有一段时间了,却还没有能帮助皇上大有作为,来施恩惠给人民,那么我是知道自己的过失的;如果您认为现在应当毫无作为,墨守成规就可以了,那就不是我所敢领教的了。

没有机会去拜会您,不胜仰慕之至。

读孟尝君传[①]

本文是一篇著名的读史杂感，也是能充分体现王安石论说文的精悍劲峭、雄健凌厉风格的代表作品之一。孟尝君是历代读书人所欣赏崇拜的人物，孟尝君能得士，也是历代众口一词的见解。王安石却用短短八十八字，推翻了这一千古定论。全文四句，开头先提出“孟尝君能得士”这一传统的见解，后三句连用三个转折，层层进逼，驳斥传统的说法，而以其不能得士作结束，翻出新意，明快、透彻地表达了自己对于人才问题的独特见解。充分表现了王安石傲岸自信的性格特征。在王安石看来，只为主人服务的鸡鸣狗盗之徒不能算作士，只有能强国富民，为国家作出贡献的人才是贤士。文章一气呵成，跌宕有致，立意超卓，议论精辟。前人曾评论说：“此文乃短篇中之极则，雄迈英爽，跌宕变化，故能尺幅中具有万里波涛之势，后人多喜摹之，莫能拟似万一。”（高步瀛《唐宋文举要》引吴北江语）

① 孟尝君传：即《史记·孟尝君列传》。孟尝君，战国时齐国公子田文的封号，齐湣王时曾任国相，封地在薛（今山东滕州）。以门下食客众多闻名，与当时赵国平原君、魏国信陵君、楚国春申君并称“战国四公子”。

世皆称孟尝君能得士[①]，士以故归之[②]，而卒赖其力以脱于虎豹之秦[③]。嗟乎！孟尝君特鸡鸣狗盗之雄耳[④]，岂足以言得士？不然，擅齐之强[⑤]，得一士焉，宜可以南面而制秦[⑥]，尚何取鸡鸣狗盗之力哉？夫鸡鸣狗盗之出其门，此士之所以不至也。

① 能得士：善于招致“士”。士：所谓有能力、能任事的人。 ② 归：归向，投奔。 ③“卒赖”句：孟尝君出使秦国，被秦昭王扣留，并准备杀他。他托人向昭王的宠姬求情，宠姬提出要一件狐白裘，但孟尝君已将此裘献给了秦昭王，于是他的一位食客半夜装狗从宫中盗出了这件狐白裘，献给了昭王的宠姬，孟尝君也得以获释，并连夜逃奔齐国。在函谷关前，孟尝君的另一食客装鸡鸣，骗开了关门，才平安归国。虎豹之秦：形容秦国的强大蛮横。 ④ 特：只不过。雄：首领。 ⑤ 擅：占有，拥有。 ⑥ 南面而制秦：制服秦国，使秦王来朝拜。古代帝王面向南而坐，接受臣下的朝见，故以南面代指称王而使人臣服。

翻译

世人都说孟尝君善于收揽士，士因此都投奔他，而且终于依靠士的力量逃离了虎豹一样凶残的秦国。哎呀！孟尝君只不过是鸡鸣狗盗之徒的首领罢了，怎么能说他善于得士？不然，他凭借着强大的齐国，假如真的得到一个贤士，大概就可以制服秦国使齐南面称王，又何必要依靠鸡鸣狗盗之徒的力量呢？鸡鸣狗盗之徒出入他的门下，这正是贤士不到他那里去的原因了。

兴贤

在封建时代，任贤使能还是弃贤专己，是辨别明君与昏君的标尺；也是关系到国家兴衰治乱的关键。本文开篇明义，一语点破通篇立意。接着列举大量史实，阐明治安之世因重用贤能而兴盛，昏乱之世因弃置贤才而衰败的道理。殷勤告诫当国执政者，用人问题非同小可，必须小心谨慎。作者不仅揭示用人问题的重要性，而且还就如何任贤使能，提出自己的意见。希望君王广开言路，虚心纳谏，疏远小人，不以小过责人，才能使国家兴盛，功业超越两汉、三代，媲美五帝、三皇。在短短三百余字的篇幅里，作者透彻地论证了有关国家兴衰的重大命题，并且切合实际地提出解决问题的办法，极能表现王安石论说文简炼警策、富有逻辑力量的特点，其政治家的敏锐和文人的才情在这里完美地结合起来了。在论说过程中，作者强烈的社会责任感和改良政治的急切心情溢于言表，个性特征和精神面貌也从中凸现出来。

国以任贤使能而兴，弃贤专己而衰。此二者必然之势，古今之通义，流俗所共知耳。何治安之世有之而能兴，昏乱之世虽有之亦不兴？盖用

之与不用之谓矣。有贤而用，国之福也；有之而不用，犹无有也。商之兴也，有仲虺、伊尹[①]；其衰也，亦有三仁[②]。周之兴也，同心者十人[③]；其衰也，亦有祭公谋父、内史过[④]。两汉之兴也，有萧、曹、寇、邓之徒[⑤]；其衰也，亦有王嘉、傅喜、陈蕃、李固之众[⑥]。魏、晋而下，至于李唐，不可遍举，然其间兴衰之世，亦皆同也。由此观之，有贤而用之者，国之福也；有之而不用，犹无有也。可不慎欤？

今犹古也，今之天下亦古之天下，今之士民亦古之士民。古虽扰攘之际[⑦]，犹有贤能若是之众，况今太宁[⑧]，岂曰无之？在君上用之而已。博询众庶[⑨]，则才能者进矣；不有忌讳，则谠言之路开矣[⑩]；不迩小人，则谗谀者自远矣[⑪]；不拘文牵俗[⑫]，则守职者辨治矣[⑬]；不责人以细过，则能吏之志得以尽其效矣。苟行此道，则何虑不跨两汉、轶三代[⑭]，然后践五帝、三皇之涂哉[⑮]？

---

① 仲虺(huǐ)：商汤时著名贤臣，曾任左相。伊尹：姓伊名挚，尹为官职，是商汤的辅佐大臣，被尊为阿衡(宰相)。古书中常与吕尚并称

为“伊吕”。 ② 三仁：指殷纣王时的微子、箕子、比干。《论语·微子》：“微子去之，箕子为之奴，比干谏而死。孔子曰：‘殷有三仁焉。’” ③ 同心者十人：指周武王时的十位贤臣；即周公旦、召公奭(shì)、太公望、毕公、太颠、闳么、散宜生、南宫适(kuò)、文母等。武王称他们“同心同德”。 ④ 祭(zhài)公谋父：周朝卿士，曾谏止周穆王周游天下。内史过：周朝贤大夫。 ⑤ 萧、曹：指萧何、曹参，汉高祖的开国元勋，先后任丞相，功业卓著。寇、邓：指寇恂、邓禹，辅佐汉光武帝建立东汉王朝，功绩最高。 ⑥ 王嘉：汉哀帝时丞相，极力劝阻哀帝加封佞臣董贤，被捕入狱，绝食而亡。傅喜：汉哀帝时官至大司马，因不满傅太后跋扈专权，而被免职。陈蕃：汉灵帝时任太傅，以贤明著称于时，与窦武共谋除掉宦官势力，后事败被杀。李固：汉顺帝时任大司农，为人刚直坚毅，反对外戚擅权，被害身亡。 ⑦ 扰攘：社会乱荡不安。 ⑧ 太宁：社会太平安宁。 ⑨ 博询众庶：广泛地征求多数人意见。 ⑩ 谠(dǎng)言：正直的言论。 ⑪ 迩(ěr)：近，亲近。谗谀(chán yú)者：指背后搬弄是非、对上阿谀奉承的奸佞小人。 ⑫ 拘文牵俗：受过时的条文和世俗的习惯约束。 ⑬ 辨治：治理。 ⑭ 轶(yì)三代：超越三代。三代指夏、商、周，这三代的开国君主被儒家奉为圣王。 ⑮ 五帝、三皇：皆为古代传说中的远古帝王。说法不一，有影响的是：五帝指黄帝、颛顼(zhuān xū)、帝喾(kù)、尧、舜。三皇指燧人氏、伏羲氏、神农氏。

翻译

任用贤能之士，国家就会兴盛；弃置贤能之士而独断专行，国家就会衰败。这两点是必然的趋势，古今共有的道理，见识平庸的人都能够明白。为什么政治安定社会太平的时代有了贤能之士就会兴盛，而政治黑暗社会动乱的时代即使有贤能之士也不能兴盛呢？原因在于用或者不用他们。有贤能之士并能加以任用，这是国家的福气；有贤能之士而不能任用，就好像没有一样。商代兴起的时候，有仲虺、伊尹两位辅佐贤臣；当它衰败的时候，也还有微子、箕子、比干三位仁者。周代兴起的时候，有十位同心同德的贤臣；当它衰落的时候，也还有祭公谋父、内史过这样的贤臣。西汉、东汉兴起的时候，有萧何、曹参、寇恂、邓禹这样的开国元勋；当它衰落的时候，还有王嘉、傅喜、陈蕃、李固这样的忠贞之士。自魏、晋以来，到李唐王朝，不胜枚举，然而在这期间，无论兴盛时代还是衰败时代都有一批贤能之士，这一点却是相同的。这样看来，有贤能之士并能加以任用，是国家的福气；有贤能之士而不能任用，就好像没有一样。事关重大，难道可以不慎重吗？

现在如同古代，现在的天下也如同古代的天下，现在的百姓也如同古代的百姓。即使在古代动荡混乱时期，也还有这样多的贤能之士，何况如今天下太平安定，难道可以说没有贤能之士吗？关键在于君主如何任用他们罢了。广泛征求大家的意见，那么有才能的人就能选拔出来；不忌讳批评，那么尽忠直谏的言路也就敞开了；不亲近奸诈小人，那么喜爱暗中搬弄是非、当面奉承献媚的人就自然疏远了；不受过时的条文和世俗之见的束缚，那么担任官职的人就能表现政治才干；不因为细微的过失而责备人，那么有才能的官吏就能充分发挥他们的作用。倘若能够实施这种用人之道，那么何必担心不能超越两汉、三代，何必担心不能走上像五帝、三皇时天下大治的康庄大道呢？

中华文史名著精选精译精注（全民阅读版）已出书目

书　名	导读人	审阅人
贾谊集	徐超、王洲明	安平秋
司马相如集	费振刚、仇仲谦	安平秋
张衡集	张在义、张玉春、韩格平	刘仁清
三曹集	殷义祥	刘仁清
诸葛亮集	袁钟仁	董治安
阮籍集	倪其心	刘仁清
嵇康集	武秀成	倪其心
陶渊明集	谢先俊、王勋敏	平慧善
谢灵运鲍照集	刘心明	周勋初
庾信集	许逸民	安平秋
陈子昂集	王岚	周勋初、倪其心
孟浩然集	邓安生、孙佩君	马樟根
王维集	邓安生等	倪其心
高适岑参集	谢楚发	黄永年
李白集	詹锳等	章培恒
杜甫集	倪其心、吴鸥	黄永年
元稹白居易集	吴大逵、马秀娟	宗福邦
刘禹锡集	梁守中	倪其心
韩愈集	黄永年	李国祥
柳宗元集	王松龄、杨立扬	周勋初
李贺集	冯浩菲、徐传武	刘仁清
杜牧集	吴鸥	黄永年

续表

书　名	导读人	审阅人
李商隐集	陈永正	倪其心
欧阳修集	林冠群、周济夫	曾枣庄
曾巩集	祝尚书	曾枣庄
王安石集	马秀娟	刘烈茂、宗福邦
二程集	郭齐	曾枣庄
苏轼集	曾枣庄、曾弢	章培恒
黄庭坚集	朱安群等	倪其心
李清照集	平慧善	马樟根
陆游集	张永鑫、刘桂秋	黄葵
范成大杨万里集	朱德才、杨燕	董治安
朱熹集	黄珅	曾枣庄
辛弃疾集	杨忠	刘烈茂
文天祥集	邓碧清	曾枣庄
元好问集	郑力民	宗福邦
关汉卿集	黄仕忠	刘烈茂
萨都剌集	龙德寿	曾枣庄
王阳明集	吴格	章培恒
徐渭集	傅杰	许嘉璐、刘仁清
李贽集	陈蔚松、顾志华	李国祥、曾枣庄
公安三袁集	任巧珍	董治安
吴伟业集	黄永年、马雪芹	安平秋
黄宗羲集	平慧善、卢敦基	马樟根
顾炎武集	李永祜、郭成韬	刘烈茂
王士禛集	王小舒、陈广澧	黄永年
方苞姚鼐集	杨荣祥	安平秋
袁枚集	李灵年、李泽平	倪其心
龚自珍集	朱邦蔚、关道雄	周勋初